辞令は恋のはじまり

Ayaka & Minato

冬野まゆ

Mayu Touno

JN095832

エタニティ文庫

目次

辞令は恋のはじまり

プロローグ　王子様と悪魔の契約

——どうか、全てが悪い夢であってください。

八月最後の月曜日、心の中でそう祈る牧瀬《まきせ》彩羽《あやは》は、ふらつく体を支えようと壁伝いに廊下を歩いていた。

その時、ふと掲示板に貼り出されている辞令書を見つけて、頬を引き攣《つ》らせる。

「そんな……」

たった今内示を受けたばかりなのに、もう辞令が張り出されているなんて。

総務部　　牧瀬　彩羽様

株式会社トキコク
代表取締役社長　常葉《ときは》忠継《ただつぐ》

本日付で総務部の任を解き、明日より新規開発販売促進部　部長の勤務を命じます。
今後の活躍を期待します。

以上

こうして貼り出された辞令書を目にしても、さっぱり実感が湧かない。それどころか、自分が悪い夢の中にいるのではないかと思ってしまう。

というより、夢であって欲しい。

そう願って頬を摘《つ》まむ彩羽の様子を見て、通りすがりの社員が「えっ！　この子なの？」「見るからに無理じゃない？」などと囁《ささや》き合う声が聞こえてくる。

彩羽は心の中で「そのとおりでございます」と力強く頷きつつ、がっくりとうなだれた。

心身共に感じる痛みから、やっぱりこれは現実なのだと思い知る。

彩羽は恨《うら》めしい思いで今降りてきたばかりのエレベーターを振り返った。

◇　◇　◇

今日、いつもどおり出社した彩羽は、突然、二十三階にある社長室に呼び出された。あり得ない場所からの呼び出しに、一瞬「クビ」という言葉が頭をよぎる。だけど、クビになる理由がまったく思い当たらない。

国内外に根強いファンを持つ時計メーカーであるトキコクに入社して三年。彩羽は、目立たず真面目に仕事をしてきたつもりだ。社員数の多いこの会社で、ただの事務員一人をクビにするために、わざわざ社長室へ呼び出したりしないと思うけど……

――クビは、嫌だな。出来れば転勤もしたくない。

そんなことになれば、憧れの王子様と会えなくなってしまう。会うといっても、彩羽が一方的に眺めているだけなのだが。

戦々恐々《せんせんきょうきょう》としながら社長室をノックすると、すぐに社長の息子であり、社長秘書である常葉圭太《けいた》がドアを開けてくれた。

「ああ、来たか」

彩羽を出迎えた常葉秘書の声に、本能的な部分で不快なものを感じる。だけど、彼の顔の造りは憧れのあの人にどこか似ていて、つい目がいってしまう。

「待っていたよ」

社長室の奥で人の動く気配がした。視線を向けると、現在のトキコクの社長である常葉忠継が席を立ち、彩羽の方へ近付いてくるのが見えた。

親しげな笑みを浮かべている忠継社長にも、何故か圭太に感じたのと同じ不快感を覚える。

「……遅くなりました」

湧き上がる不快感を抑え、彩羽は社長に向かって会釈《えしゃく》した。促《うなが》されるまま部屋の中に入ると、圭太がドアを閉める。それを合図に、忠継社長がパンッと手を打ち鳴らした。

「おめでとう」

「……？」

——おめでとう？

にこやかに両手を広げる忠継社長に、彩羽は戸惑った視線を向ける。

「この度新設する新規開発販売促進部を、君に任せたい」

「はい？」

話が呑み込めずキョトンとする彩羽に、内容を噛み砕くように、ゆっくりした口調で忠継社長が繰り返す。

「君を、これから新規に立ち上げる部署の、部長に、任命したいんだよ」

「はいっ？　……はいぃっ⁉」

　一瞬遅れて言葉の意味を理解した彩羽は、わけがわからなくなる。

　呆然とする彩羽に、戸口に立つ圭太が「おめでとう」と、どこかバカにした口調で拍手を送ってきた。

◇　◇　◇

　それから約一時間、彩羽は必死に部長就任の話を断り続けた。

　とりあえず「保留にするから考えてみて」と宥《なだ》められ、社長室を出てきてみれば――すでに辞令が貼り出されているではないか。

　途方に暮れた表情で辞令を眺める彩羽は、自分というものについて考えてみる。

　身長百六十センチ。痩《や》せている方ではあるけど、取り立ててスタイルがいいわけではない。目立つのが苦手で、いつもゆったりした服を着てメイクも最低限。癖のあるセミロングの髪を一つに纏《まと》めただけの地味な装《よそお》い。本当にどこにでもいそうな、普通のOLだ。

　当然、バリバリ仕事をこなすキャリアウーマンではない。

　名門大学を卒業したわけでも、経済学を学んだわけでもなく、私立大学の文学部を平凡な成績で卒業して、就職後はずっと総務部で事務処理をしてきた。

そんな彩羽が、なんでいきなり部長に⁉　しかも明日からの勤務が命じられているなんて。

こんなの騙《だま》し討ちもいいところだ。

「以上って……」

そんな短い言葉で、自分の行く末を片付けられては困る。

「あり得ない……」

ショックで目眩《めまい》がしてくる。壁に両手をついて体を支えていないと、そのまま倒れてしまいそうだ。

誰か私を救ってください。そう祈る彩羽の肩を、誰かがそっと叩いた。

優しく肩に触れる手に、藁《わら》にもすがる気持ちで振り返る。次の瞬間、彩羽は盛大に顔を引き攣《つ》らせて硬直した。

「……っ！」

「大丈夫？」

彩羽に気遣わしげな視線を向けるのは、細身のスーツを上品に着こなす男性だった。

長めの前髪を無造作に後ろに流すことで意思の強そうな眉がよく見える。気品を感じる風貌なのに、どことなく野性的な雰囲気も感じる。

香月湊斗《こうづきみなと》――彼の名前を、この会社で知らない人はいない。

それは彼の非常に整った容姿であったり、高学歴で仕事ができることだけが要因ではなかった。

前社長の孫である彼は、つい最近までこの会社の次期社長と目《もく》されていたからだ。

しかも彩羽にとって、湊斗は憧れの王子様なのであった。

――憧れの王子様は、間近で見てもやっぱり完璧な美しさだな。

呆然としつつも、頭のどこかでしみじみとそんなことを考えてしまう。

おまけに、至近距離にいることで、彼の纏《まと》うフレグランスの香りをリアルに感じて、
なんだか胸が苦しくなってくる。

息苦しさを堪《こら》えて湊斗に視線を向けると、彼は目の前の掲示板をじっと見ていた。

不思議に思って改めて辞令の方を見ると、自分の辞令の隣にもう一枚、紙が貼り出さ
れているのに気付く。その書面を見て、彩羽は再度、心の中で『あり得ないっ！』と、
叫ぶのだった。

彩羽の辞令の隣には、新設される部署に配属される四人の社員――つまり、彩羽の部
下になる人たちの名前が書かれている。その中に、香月湊斗の名前があった。

つまり、彩羽が、彼の上司になるということで……

「あの……これは、なにかの間違い……で……、私、その…………」

自分が彼の上司になるなんて、なにかの間違いだ。湊斗だって納得するはずがない。

――さっき社長室で打診された時だって、全力で断ったんです。

――香月さんが私の部下になるなんて、知らなかったんです。

そう伝えたいのに、焦って言葉が出てこない。

どうにか気持ちを伝えようと、湊斗の目を見て必死に首を横に振る。

そんな彩羽を見つめ、湊斗がフッと表情を緩《ゆる》めた。

その艶《つや》やかな表情に、つい状況を忘れて魅了されてしまう。

思わずぽかんと見惚れている彩羽に、湊斗が口を開いた。

「君が俺の上司になるんだね」

そう言って、湊斗は二重《ふたえ》の切れ長の目を優しく細めて微笑んだ。誰もが見惚れずにはいられない完璧な王子様スマイルだけど、なにかが胸に引っかかる。

――なんだか胡散臭《うさんくさ》い……？

いぶかる彩羽の視線をかわすように、湊斗が清々《すがすが》しい微笑みを浮かべたまま言う。

「これからよろしく」

その表情は一見、優しげで魅力的に感じる。でも、その瞳からは、彼の感情がまるで感じられない。

「お、お願いします……」

どこか緊張しつつ彩羽が頭を下げると、湊斗が右手を差し伸べてきた。

「俺に出来ることがあれば、なんでも言ってください。全力でサポートさせてもらいます」

「……」

この手を握り返せば、憧れの王子様と一緒に仕事が出来る。でもその代わりに、二十代女性の管理職という身の丈に合わない職務を背負うことになる。

憧れの王子様と一緒に仕事をすることも、管理職に就くことも、本来の彩羽の日常ではまずあり得ない出来事だ。

身動きできない彩羽を急《せ》かすように、湊斗が微《かす》かに手を動かした。

この手を拒《こば》めば、この人に近付けるチャンスなんて、もう二度と訪れないだろう。それはそれで、後悔しそうな気がする。

――リスクを承知でチャンスを掴《つか》む。まるで悪魔の契約書だ。

だけど、目の前に差し出された彼の手を拒《こば》める人間などいるのだろうか。

窮地《きゅうち》に追い込まれると、逆に開き直ってしまう性格の彩羽は、悪魔と契約を結ぶ覚悟で腹を決める。

「ありがとうございます」

はっきりとそう言って、彩羽は湊斗の手を握り返すのだった。

1　ようこそ新規開発販売促進部へ

翌日、彩羽は辞令に従い重い足取りで新しい部署へ向かっていた。総務部で使っていた私物を入れた段ボールを抱えて、エレベーターに乗り込む。

二十階のボタンを押し、ため息を吐いた。まさか自分が十階より上の階に異動する日が来るなんて考えたこともなかった。明確な規定があるわけではないが、社内で重要なポジションほど上層階の部屋を与えられる傾向にある。

彩羽が部長を務める新しい部署は、二十階の一室が用意されていた。

二十一階から上は、会議室や重役室が占めているので、一つの部署に与えられるものとしては最高クラスの扱いと言えるだろう。

昨日まで十階の総務部で働いていた自分が、何故いきなりこんな待遇を受けるのだろうと、一晩経った今も不安で仕方ない。

しかも憧れの王子様である湊斗と、一緒に仕事をすることになるなんて……

「……」

彩羽は、ふと自分の左手首へと視線を向ける。

今は腕時計をしていないが、入社当時は古い腕時計を巻いていた。

その時計を思い出すと、自然と初めて湊斗と出会った日のことを思い出す。

あれは、大学四年生の時の企業面接。

あの時の彩羽は、湊斗を時計の国の王子様のようだと思ったのだ。

◇　◇　◇

——王子様のようだ。

時計メーカー「トキコク」の新卒者採用面接。気を引き締めなくてはいけない場面だというのに、彩羽は面接官の一人を見てそんなことを思った。

細身のスーツを上品に着こなす彼は、際立って端整な顔立ちをしていた。

年齢はもちろん彩羽より上だけど、それでも他の面接官より格段に若い。それもあって、目に留まったというのもあると思うけど、それだけでは片付けられない存在感が彼にはあった。

それが、湊斗だった。

当時の彩羽が就職先に望んでいたことはただ一つ、安定企業であること。そして、出来れば地道にこなせる事務職がいいと思っていた。

そういう意味で、百年近く続く、国内に止《とど》まらず海外にも根強いファンを持つ時計メーカー「トキコク」の事務職は、彩羽の希望を十分に満たしていた。

志望理由や学生時代に頑張ったことなどひととおり話し終え、試験も終盤にさしかかった時、面接官の一人が「なにか質問はよろしいですか?」と、湊斗に尋ねた。

――この人、一体、何者なんだろう?

彼より確実に年上の面接官が丁寧な言葉遣いで話しかけている様子に、つい首をかしげてしまう。

湊斗が少し考えるようにした後、彩羽に視線を向けてくる。

初めて真っ直ぐ向き合った湊斗の視線に緊張して、思わず必要以上に背筋を伸ばしてしまった。するとそんな彩羽の動きを見て、湊斗が口元だけで静かに笑う。

「そうだね……もしウチが女性向けの腕時計を作るとしたら、どんなものを作って欲しい?」

「女性向けの、時計ですか?」

そう問われ、彩羽は顎《あご》に手を当てて真剣に考える。そして「一生見ていて飽《あ》きない、そんな時計が欲しいです」と答えた。

「一生見ていて飽《あ》きない時計?」

「はい」

「それはどんな時計かな？」

湊斗とは違う面接官に問いかけられ、彩羽は言葉に詰まってしまう。

面接がほぼ終わり、油断していた時に投げかけられた質問に、ふと思い浮かんだことを答えただけだった。なので、具体的なビジョンなどあるわけがない。

――それでもなにか答えなくちゃ……

「えっと……裏側が透明になっていて、内部の構造が見える腕時計はどうでしょうか？　時計の内部構造を見ていると、ワクワクしませんか？　なんというか……時計の中に自分だけの宇宙があって、それを独り占めしているような満足感があります」

「後ろが透明……って、シースルーバックのことかな？」

別の面接官が言う。

――しまった……。シースルーバックなんて単語、知らない。

時計メーカーの企業面接を受けておきながら、基本的な時計の知識も持っていないと、自《みず》ら露呈《ろてい》してしまったようなものだ。

もちろん、発した言葉に嘘はない。時計の規則正しい動きを見ていると、ワクワクするのは本当だ。

だけど、どうしてそう思うのかを上手《うま》く言葉で説明することができない。

内心で焦り始める彩羽が、視線を彷徨《さまよ》わせると、湊斗が口を開いた。

「手軽に宇宙を独り占めできるなんて、幸せだね」

――これは落ちたかもしれない……

静かに頬を引き攣《つ》らせる彩羽に、追い打ちをかけるように面接終了が告げられた。

内心で落胆しつつ、彩羽が一礼して立ち上がった時、彼女の左手首をなにかが滑り落ちていった。

不思議に思って視線を向けると、コトンッと、小さな音を立てて腕時計が床に落ちた。

「すみません」

小さく詫《わ》びて落ちた時計を拾い上げる。すると、細い金属を編み上げたようなデザインのベルトが途中で切れていた。

「あ……」

――これは、いよいよ縁起が悪い。

まだ退室していないことも忘れ、ベルトの切れてしまった時計に肩を落とす。そんな彩羽に「見せて」と、声がかけられた。声のした方を見ると、湊斗が自分の方へ手を差し伸べている。

「えっと……」

一瞬どうしようかと思ったけど、きっともうこの会社は落ちただろう。そう割り切って、彩羽は湊斗へ歩み寄り、ベルトの切れた時計を差し出した。

時計を受け取った湊斗が、それを観察しながら聞いてくる。

「古い時計だね。ネットで買ったの？」

「祖母から譲り受けたものです」

この時計は祖母が若い頃に使っていたものだ。子供の頃の彩羽が、その時計を欲しがっていたことを覚えていた祖母が、大学合格のお祝いに譲ってくれたのだった。

古くて傷だらけの時計だけど、彩羽にとっては、ここ一番のお守りのような存在なのだ。

「そうなんだ。プラスチック風防の手巻きムーブメント……。七十年代か、それより少し前のものかな？　メッシュベルトは寿命だね……」

時計を隅々まで観察しつつ湊斗が呟《つぶや》く。

「古い時計ですけど、なんとなく愛着があって……」

ノーブランドの中古品かもしれないが、自分にとっては大切な時計だった。けれど、大手時計メーカーの面接に、古いプラスチックの時計をしてきたことを、責められているように感じて小さくなる。

「細かい傷がたくさんついている」

「すみません」

説明のつかない恥ずかしさから、思わず謝ってしまう。

「この傷は、常に身につけていることで、自然につく傷だよ」

優しい声に顔を上げると、穏やかに微笑む湊斗と目が合った。

彩羽の目を見つめて湊斗が言う。

「浅く細かい傷は、アンティーク時計の勲章《くんしょう》だよ。ずっと君たち家族に寄り添ってきた証拠だ」

「……」

その言葉に、彩羽の心に温かな思いが灯《とも》る。

湊斗は慈《いつく》しむように傷だらけの腕時計を指で撫でると、スマホとペンを取り出し近くにあった紙へなにかを書きつけた。そしてそれを彩羽に差し出してくる。

「ここなら、壊れたベルトを直せるかもしれない。もし直せなくても、違和感のないものに交換できると思うよ」

「え……」

差し出されるまま紙と時計を受け取ると、そこにはお店の名前と住所が書き込まれていた。

「愛着があるなら、なるべくそのまま使いたいでしょ」

湊斗が優しく微笑む。その微笑みに自然と頬が熱くなった。

「ありがとうございます」

まるで王子様のようだと思った湊斗は、本当に優しくて素敵な人だった。自分には、決して手の届かない人だとわかっていても、彩羽の心臓が彼を思って大きく跳ねる。

その時、面接官の一人が「では今度こそ、これで……」と、面接の終わりを告げた。

それから数日後、トキコクから採用通知が届いた。それを見た瞬間、自分でも驚くほど嬉しかったのは、王子様みたいな彼にまた会えるという気持ちがあったからだ。

そうして彩羽が、トキコクの総務部で働くようになって三年。備品の管理や会社内外の連絡調整などの雑務をこなしてきた。

目立たない部署で地味に仕事をしていた彩羽でも、三年もいたらそれなりにトキコクの内情は耳に入ってくる。

湊斗が、昨年亡くなった前社長の孫であることも就職してから知った情報の一つだ。嫁に出た娘の子供ということで、社長とは苗字が違うのだという。

あの頃の湊斗は、海外留学を終え、社長秘書としてトキコクに就職したばかりで、社会勉強として面接に参加していたらしい。

つまり、あの日彩羽が感じた「王子様」という印象はあながち間違いではなかったということだ。

また湊斗に会えるかもしれない――そんな期待もあってトキコクに就職したけれど、総務の一社員と、社長秘書である湊斗の間にそう簡単に接点が生まれるはずもなく、日々は過ぎていったのである。

それでも、なにかの拍子《ひょうし》に社長に同行する湊斗の姿を見かけることがあった。遠目で見る彼は、いつも強気で迷いのない表情をしていた。

将来的に湊斗がトキコクの社長の座に就くと噂されていたので、その凜々《りり》しさに見惚れると同時に、社員として誇らしいものを感じていた。

時折、廊下を移動する社長が足を止め、かたわらを歩く湊斗になにかを問いかける姿を見かけたことがある。湊斗がすぐにその答えを返すと、社長はなんとも満足げに頷いていた。その表情から、前社長がどれだけ湊斗に信頼を寄せているか伝わってきたのを覚えている。

しかしその前社長が、去年の春に心筋梗塞《しんきんこうそく》で急逝《きゅうせい》してしまったのだ。それによって湊斗を取り巻く状況は、大きく変わってしまった。

前社長の後を彼の息子であり、湊斗にとっては伯父にあたる常葉忠継が継いだ直後、湊斗は社長秘書を降ろされてしまった。そして忠継社長は、留学を名目に海外で気ままに暮らしていた息子の圭太を社長秘書に就任させたのである。

役職を失った湊斗が、今後どうなるのかということは、よく話題になっていたのだが……

——それが、なんだって私の部下になるのだろう……

彩羽はまだ、その事実が信じられずにいた。

◇　◇　◇

二十階でエレベーターを降りた彩羽は、ため息を吐きつつ重い足取りで廊下を進む。

「新規開発販売促進部」という真新しいプレートが掲《かか》げられた部署の前で足を止めた。

そして彩羽はスーツの胸ポケットから、古びた腕時計を取り出す。

祖母から譲り受けた時計は、あの後もベルトを直して使っていたのだが、いつの間にか壊れて動かなくなってしまった。それでもここぞという時には、お守り代わりに持ち歩いている。

彩羽は荷物を片手で持ちながら、祖母の時計をぎゅっと手の中に握り込む。

その手を額《ひたい》に当てて、新しい部署で頑張れますようにと祈る。

この状況は、はっきり言って自信がない。トキコクに三年勤めたことで得た知識はそれなりにあるけれど、平社員がいきなり部長なんて、初めから無理な話なのだ。

——自分にも、なにか出来ることがあればいいのだけれど。

そう祈りながら、時計をポケットにしまう。そして彩羽は、ドアを軽くノックして、返事を待たずにドアを開けた。

「おはようございます」

「お待ちしてました」

すぐに、落ち着きのある声が聞こえてきた。

その声に導かれるように視線を向けると、広く明るい部屋にはすでに四人の先客がいた。

一人は湊斗。あと三人は初めて見る顔だ。

中肉中背で縁の細い眼鏡をかけた白髪《しらが》の年配の男性。その隣にも、眼鏡をかけた男性がいる。そちらは、レンズの下部だけにフレームがあるアンダーリム型の眼鏡をかけた、ヒョロリとした長身の男性だ。髪も黒々としていて、年配の男性とは親子ほどの年齢差を感じる。

残る一人は女性で、彼女だけ三人から距離を取り、デスクに座ってなにか書類に目を通していた。

化粧っ気がなく、長い黒髪をお団子状に纏《まと》めて前髪をピンで留めている。きりっとした黒縁眼鏡をかけている彼女は、女子というより女史という表現がしっくりくる雰囲気だ。

——なんだか、眼鏡率の高い職場だな。

思わず、そんなどうでもいい第一印象を持ってしまう。

「牧瀬彩羽です。よろしくお願いします」

彩羽が挨拶《あいさつ》をすると、それぞれが会釈《えしゃく》を返してくれた。

年配の男性が「部長のデスクはそこになります」と、日当たりのいい奥の席を示す。

その声で、さっき部屋に入ってくる時に聞こえた声の主が彼だったのだとわかる。

彩羽がデスクに荷物を置くと、年配の彼が代表してその場にいる人たちを紹介してくれた。

年配の彼は友岡博光《ともおかひろみつ》といい、長年技術開発関係の部署で働いており、前社長が健在だった頃、湊斗と一緒に仕事をしたことがあるのだという。

もう一人の男性は、水沢学《みずさわまなぶ》、三十歳。旧帝国大学の一つをトップの成績で卒業した秀才で、部署は違うが友岡と同じく技術畑にいたそうだ。そしてきっちりした印象の彼女は、新島桐子《にいじまきりこ》、二十八歳。帰国子女で英語が堪能《たんのう》なのだとか。その語学力を買われて、これまでは海外とのやり取りが多い情報技術部に籍を置いていたらしい。

「すごいですね」

彩羽がそれぞれの経歴に感嘆の声を上げると、たちまち桐子に睨《にら》まれた。

「どこがっ！」

攻撃的な桐子の声に思わず肩を竦《すく》める。そんな彩羽に、勢いよく立ち上がった桐子が足早に歩み寄り、思いっきり彩羽の机を叩いた。

バンッと、乾いた音が部屋に響く。突然のことに驚くより、彼女の手のひらが痛くないか心配になってしまう激しさだ。

しかし桐子は、手の痛みを訴えることなく「それ、嫌味ですか？」と、彩羽を睨《にら》みつける。

「嫌味って……本当に皆さん、私なんかよりすごい経歴で……」

戸惑う彩羽に桐子は「それが嫌味なんです」と、声を絞り出す。

「ここにいる誰もが、貴女より年齢も学歴も高い。それに、貴女より長くこの会社に勤め、それぞれの部署で実績を積んできた人間ばかりなんです。そんな私たちが、貴女の部下になる気持ち、わかりますか？」

「……」

強い口調で詰《なじ》られて、改めて桐子たちの心境に思いが至った。

経歴も実績も、自分の足元にも及ばない彩羽が、部下となった桐子の経歴をのほほんと称賛したりすれば、そりゃあ腹も立つだろう。

気持ちが収まらない様子の桐子は、今度は湊斗に視線を向けた。

「誰にでも出世のチャンスを与えるため設立される部署だなんて言われていたけど、蓋《ふた》を開けてみたらどうよっ！　前社長が亡くなってからずっと邪魔者扱いされている貴方に、定年間近の友岡さん。前の部署でミスをして会社に多大な損失を出した水沢君。……全員、会社にはいらない存在ばっかり。しかも仕事内容は、前社長の負の遺産処理ときている！」

湊斗を指さし、桐子がヒステリックに怒鳴《どな》る。その勢いに彩羽は、ただ気圧《けお》されてしまう。

――負の遺産処理……、香月さんが邪魔者扱い……？

思いもしなかった言葉に、彩羽は必死に自分の知る情報を整理する。

この新規開発販売促進部は、前社長が取り組んでいたプロジェクトを進めるために新設された部署だと聞いている。

前社長と現社長の経営方針が違うのは、総務にいた彩羽にも感じられた。それに、社長秘書から降ろされた湊斗の進退について、皆が噂していたことも。けれど、現社長にとって湊斗は身内であるし、秘書として前社長の仕事を支えてきたのだ。会社にとって必要な存在なのではないか。

それなのに前社長の残したプロジェクトを負の遺産と呼び、湊斗を邪魔者扱いするこの状況はなんなのだろうか。

わけがわからず視線を彷徨《さまよ》わせると、神妙な顔をしている湊斗が目に入った。その表情から察するに、桐子の発言は彼女の一方的な思い込みではないのかもしれない。

「初めから社長は、この部署になんの期待もしてないのよ。それどころか、プロジェクトが失敗すればいいと思っているんじゃない？」

「それはさすがに……」

そこで初めて、ずっと黙っていた水沢が口を挟もうとした。

しかし、すかさず桐子に「負け組は黙っててっ！」と怒鳴《どな》られ、首を竦《すく》めて黙り込む。

強く否定しないところを見ると、彼が会社に損失を与えたという話は事実なのかもしれない。

桐子は再び彩羽に鋭い視線を向けてきた。

「貴女が部長に選ばれたのだって、無力で失敗しそうな人なら誰でもよかったからよ。それがたまたま貴女だっただけなんだから、上司面《づら》しないでくれるっ！」

「……っ」

厳しい桐子の言葉に、彩羽はグッと唇を噛む。

悔しいが、桐子の言い分には一理ある。

彩羽自身、何故自分がここにいるのか納得できていない。自分が、湊斗はもとより他の三人より優れているなにかを持っているとは思わない。

それでも、ここまで辛辣《しんらつ》な言葉を投げかけられると、少なからず傷付くわけで。

黙り込む彩羽の視線の先で、桐子は彩羽以上に悔しげな表情を浮かべて呟《つぶや》いた。

「……なんで私が選ばれなきゃいけないのよ」

さっきまでの勢いが嘘のような、桐子の弱々しい声に驚く。

「なんで私まで、負け組の中に入れられなきゃいけないんですか？」

「それは……」

彩羽自身、この状況がよく呑み込めていないのだ。悔しげな顔をする桐子に、咄嗟《とっさ》にかける言葉が出てこない。すると、ドアの方から突然、声がかけられた。

「誰でもよかったから、君が選ばれただけじゃない？」

驚いてドアの方を見ると、現社長秘書である常葉圭太が胡蝶蘭《こちょうらん》の鉢を抱えて立っていた。

ノックもせずに部屋に入ってきた圭太は、室内を見渡して薄く笑う。

昨日社長室で会った時も思ったが、湊斗の従兄弟《いとこ》だけあって、圭太もそれなりに整った顔立ちをしている。なのに、湊斗のような魅力を感じない。それはきっと、彼が醸《かも》し出している軽薄な印象のせいだろう。

圭太と一緒に仕事をした社員が、彼のことを「軽薄の圭太」と陰口をたたいていたのを思い出した。

そんな圭太は、室内をぐるりと見渡し意地の悪い笑みを浮かべる。その笑い方だけで、彼が彩羽たちを見下しているのが伝わってきた。

――なんか、失礼な人……

自分の力不足は確かに否定しようがない。それでも、桐子に頭ごなしに否定された上、圭太からここまであからさまに見下されると、さすがに悔しくなってくる。

静かに眉を寄せる彩羽に視線を向け、圭太が口を開いた。

「社長より、牧瀬部長にお祝いの品をお届けにまいりました」

慇懃無礼《いんぎんぶれい》――そんな言葉がピッタリな口調で話す圭太は、邪魔そうに鉢を軽く揺らす。

それを見て、友岡が素早く鉢を受け取った。

「史上最年少の部長就任、おめでとうございます」

「……ありがとうございます」

感情のこもっていない祝辞に、一応のお礼を返す。圭太はそんな彩羽を鼻で笑い、湊斗へと視線を向けた。

「お前の力量が試されるな。ちゃんと部長を補佐しろよ」

そう話す圭太は、チラリと彩羽を見て「まあ、無理だろうけど」と、蔑《さげす》みの声を漏《も》らす。

圭太のその態度に、彩羽はギリリと奥歯を噛んだ。

確かに今回の部長昇進は、自分でも分不相応だと思う。でも、それを決めたのは、圭太の父親である忠継社長であり、彩羽が望んでこうなったわけではない。

それなのに、理不尽に見下された挙げ句、彩羽の力量不足は、まるで湊斗に責任があるような言い方にカチンときた。

大体、ここにいる全員が負け組のような桐子の言い方にも納得がいかなかったのだ。

――なんだか腹が立ってきた……

彩羽は、おもむろに「お言葉ですが……」と、圭太に声をかけた。

その声に、まだなにか言おうとしていた圭太が彩羽を見る。

「私を部長に任命したのは社長です。私の力量が足りないと仰《おっしゃ》るのであれば、それは選んだ社長に見る目がなかっただけで、香月さんに責任はありませんよね」

「なに⁉」

湧き上がる怒りを抑え、ゆっくりと話す彩羽の言葉に、圭太の片眉が吊り上がった。

だが、彩羽はそれに臆することなく言葉を続ける。

「昨日社長室で、私が必死に部長昇進を断っている姿を、常葉さんは見ていましたよね？　それをどうしてもと、押し切ったのは社長です。そのやり取りも、見ていましたよね？」

「ああ……」

彩羽が強い口調で確認すると、圭太が渋々といった様子で頷いた。

それを確認した彩羽は、はっきりと断言する。

「つまり、私がなにか仕事に支障を来《きた》した場合、能力不足を承知で私を部長にした社長の責任ということになると思いますが？」

彩羽の物言いに、圭太の頬がひくひくと痙攣《けいれん》する。

「負け組が、生意気なこと言うなっ！　大体お前、女のくせに、男に口答えするんじゃねぇよっ！」

怒鳴《どな》る圭太に、いよいよ怒りが抑えられなくなる。

女には男に意見する権利がないというのか。そのあまりに時代錯誤な発言に、目眩《めまい》を覚える。

――そもそも、怒鳴《どな》れば女が黙って言うことを聞くとでも思っているわけ？

それならなおさら、ここで黙るわけにはいかない。

彩羽はぐっと顔を上げ、睨《にら》みつけてくる圭太の目を真っ直ぐに見返して言った。

「負け組ってなんですか？　ここは学校ではないので、組なんてものは存在しません。ここは新規開発販売促進部という社長の命で新設された部署であり、ここにいる全員が社長に選ばれたトキコクの社員です」

「なっ……っ」

彩羽の反撃に、圭太がわずかに怯《ひる》む。

チラリと周囲に視線を向けると、彩羽が言い返すと思っていなかったのか、友岡だけでなく桐子や水沢も驚きの表情を浮かべている。ただ湊斗だけは、どこか楽しげに見えた。

その表情に背中を押された気がして、苦い顔をする圭太に向かって言葉を続ける。

「大体『負け組』って、なにに対する負けですか？　この部署は今日立ち上げられたばかりで、なにかと勝負するのはこれからです。それになにと戦うのかよくわかりませんけど、私たち絶対に負けませんので！」

これでクビにするなら、クビにすればいい。もしそうなったら、どこかに訴えてやる――そんな覚悟で、彩羽は圭太に言い切った。

それでも腹の虫がおさまらず、彩羽は桐子に怒りの矛先《ほこさき》を向ける。

「それから新島さんも、勝手に『負け組』とか言わないでください。自分で自分を『負け』って決めたら、たとえ勝負に勝っても、勝ったことに気付けなくなりますよ」

勢いのまま桐子に言い聞かせる。彩羽の剣幕に気圧《けお》されたのか、桐子が目を丸くしたまま「すみません」と謝った。

彩羽は、再び圭太へと視線を戻す。それに怯《ひる》んだ圭太が、湊斗を睨《にら》んで怒鳴《どな》った。

「お前、部下にどんな教育してんだよっ！」

そんな圭太に、笑いを噛み殺しつつ湊斗が言い返す。

「生憎《あいにく》と彼女は私の上司ですので。もし、なにかご意見があるようなら、彼女を部長に任命した社長にお願いします」

さっきの圭太の慇懃無礼《いんぎんぶれい》な物言いをそのまま返す湊斗の姿に、圭太が怒りを露《あら》わにした。

「お前がこの会社でそんな口が利けるのも、あと少しだからなっ！」

——それはどういう意味だろう？

疑問に思う彩羽の前で、友岡が湊斗と圭太の間に割って入る。

「まあ今日は、牧瀬部長の就任初日ですから……」

この場は怒りを収めてくださいと、温和な口調で友岡が取りなす。それで少し冷静さを取り戻したのか、圭太は背筋を伸ばし乱れてもいないスーツの襟《えり》を整えた。

そして彩羽と湊斗を見比べてフンッと鼻を鳴らす。

「でかい口叩いていられるのも今だけだっ！　なにを言ったところで、賭けの条件は変わらないんだからな」

そんな捨て台詞《ぜりふ》を残して圭太が部屋から出て行った。その瞬間、緊張の糸が切れた彩羽は、その場にしゃがみ込んだ。

「大丈夫ですかっ？」

さっきまで彩羽に攻撃的な態度を取っていた桐子が、慌てて彩羽に駆け寄ってくる。

彩羽を気遣う桐子が床に膝をつくと、そんな二人の側に他の三人も集まってきた。

「大丈夫？」

湊斗が彩羽に手を差し出す。

彩羽は差し出された手に掴《つか》まりながら、湊斗の顔を見上げて聞く。

「あの……私は一体なにと戦って、なにに負けそうなのでしょうか？」

ちっとも状況が呑み込めていない彩羽の問いに、湊斗が一瞬キョトンとした後、クッと喉を鳴らして笑いを噛み殺す。彼は掴《つか》んだ手を引いて彩羽を立ち上がらせると、「それは後で話すよ」と、耳打ちしてきた。

急に顔を寄せられてドキッとするが、とりあえずこの件に関しては追及しないでおく。

彩羽が立ち上がるのを見届けて、桐子も立ち上がった。

「なかなか印象に残る就任演説になりましたね」

友岡が苦笑いを浮かべながら全員の顔を確認していく。

「……まずは、今後の業務について確認していきましょうか。その前に、前社長が指揮を執《と》っていたプロジェクトについて、少し説明させてください」

友岡が彩羽に「いいでしょうか？」と、同意を求めてくる。

「お願いします」

「ではこちらで……」

友岡が広い会議用のテーブルを示すので、そこに移動した。

全員が着席すると、友岡がカラーコピーされた用紙を配っていく。

そこには、時計の写真がプリントされていた。でも画質が粗くて全容がわかりにくい上に、時計を隠すように赤字で「社外秘」と書かれている。

「最初に基本的知識の確認をさせていただきますが、この部署は、昨年急逝《きゅうせい》された前社長が長年温め続けてきたプロジェクトを遂行《すいこう》するために発足《ほっそく》されました。前社長である常葉正史《まさし》氏は、来年迎えるトキコク創業百年の節目に向けて新規プロジェクトを指揮していましたが、急逝《きゅうせい》されたことで、プロジェクトは頓挫《とんざ》していました」

その場にいた皆が頷くと、友岡が「しかしこの度、新社長のもと、プロジェクトの再始動が正式に決定されました」と、感慨深げに言う。

「やっと……」

彩羽の隣に座る湊斗が、そう呟《つぶや》くのが聞こえた。

「新社長である常葉忠継氏は、プロジェクト遂行《すいこう》メンバーを今までとは異なる方法で選考されました。ゴールデンウィーク頃に、全社員を対象にした社内アンケートがあったと思います。そのアンケートの結果によって選出されたのが、ここにいる私たちです」

友岡がそこで言葉を句切る。

確かにゴールデンウィーク頃、『百年先のトキコクに残したいこと』というアンケートというか、作文を書くように求められた。

しかも、このアンケートの結果によっては、社員全員に昇進のチャンスがあると聞き、出世を夢見て熱心に取り組む者もいた。だが彩羽は、仕事の一環として当たり障りのない言葉を並べただけ。

それなのに、何故か彩羽が部長に抜擢《ばってき》され、今回のプロジェクトを任されることになってしまったのだ。

——アンケートの結果で選出されたって、全然納得できない……

彩羽自身がそう思っているのだから、きっと全員が思っていることだろう。

「牧瀬部長をはじめ、ここにいる人たちはプロジェクト遂行《すいこう》のために選ばれた人間です。決して、新島さんの言うような負け組の島流しではありません」

力強く言った後、「と、私は信じています」と、友岡が付け足した。

その場にいる誰もが神妙な顔をする中、控えめに水沢が発言する。

「つまり、どう思ってこの仕事に取り組むかは、自分次第ってことですか？」

「そうなりますね」

友岡が目尻に皺《しわ》を寄せて穏やかに頷くと、ふと空気が和《なご》んだ気がした。

——水沢さんの言うとおりだ。

わけがわからないことだらけだけど、これが今自分に与えられた仕事ならば、前向きに取り組みたい。

「力不足なのは重々承知していますが、私にも出来ることがあると信じたいです」

そう口にした彩羽は、チラリと桐子の様子を窺《うかが》う。

テーブルを挟んで彩羽の斜め前に座る桐子からは、初対面の時のような攻撃的な雰囲気は感じられない。ただ、無表情で黙り込み、彩羽と目が合わないようにしている。

――私が上司って、やっぱり無理があるよね。

仕方ないけれど、受け入れてもらえないことについ落ち込んでしまう。

友岡は、全員の顔を見回して説明を再開する。

「次に、プロジェクトの詳細についてお話しします。トキコクはこれまで、男性向けの高級腕時計を商品の主軸にしてきました。女性向けは、男性向けのサイズ違いでスポーツタイプが数パターンある程度。しかし前社長には、長年、女性向けの高品質な時計を手掛けたいという思いがあり、トキコク創業百周年を機に、女性向けの時計の製造販売に着手する予定でした。これがその時計です……」

そう言って、友岡が最初に配った紙を掲《かか》げる。

「正式名称は『バルゴ・オービット』。正義と天文の女神である乙女座から名前を取りました」

「ぼんやりして、よくわからないわね」

黙り込んでいた桐子がぽつりと呟《つぶや》く。その声に友岡が理由を説明した。

「再来週までは、ここにいるメンバーにも詳細を明かせない決まりなので。この中でバルゴの詳細を知っているのは、私と香月さんだけですが、バルゴは間違いなくいい時計です」

その言葉に、自然と視線が湊斗に集まる。ずっと黙って話を聞いていた湊斗が、頷いて口を開いた。その表情は、社長秘書をしていた頃と変わらない自信に満ちている。

「ご存知のとおり、私は前社長の秘書としてこのプロジェクトに深く関わってきました。もともと技術開発部に所属されていた友岡さんも、このプロジェクトの初期メンバーの一人です。その関係で、我々は、皆さんより早くバルゴに触れる立場にいました」

「ああ……なるほど」

納得する桐子の隣で、水沢が目を細めたり、紙の角度を変えたりしてカラーコピーを眺めている。そんな水沢に代わり、桐子が「バルゴとは、どんな時計ですか？」と湊斗に聞いた。

「祖父は常々、バルゴはこれからのトキコクを背負う商品になると話していました。私もそう確信しています。実物は、二週間後の牧瀬部長の就任会見で見られる予定なので、それまでのお楽しみということで」

そう話す湊斗の自信に満ちた艶《つや》やかな表情に、彩羽だけでなく桐子の頬も心なし赤くなる。

でも次の瞬間、彩羽は「ん?」と、瞬《まばた》きをした。

「今、私の就任会見……って、言いました?」

徐々に顔色を変える彩羽に、湊斗は「言いましたよ」と、にこやかに頷く。

「二十代の女性管理職の誕生。それは、貴女が思っているよりずっと世間の注目を集めるニュースです。社長は話題作りのために、牧瀬さんの部長就任を大々的にアピールするつもりのようですね。辞令が出て間もないですけど、すでに経済誌数社から単独取材の申し込みが来てますよ」

「はいぃっ?」

湊斗の言葉に、彩羽が頬を引き攣《つ》らせる。

「私……そんなこと、一言も聞いてませんけど」

「だから今話しました。部長の初仕事なので、頑張ってください」

湊斗がにこやかに返してきた。表情こそ穏やかだが、有無《うむ》を言わせない圧力を感じる。

「……っ」

部長の仕事と言われてしまっては、彩羽に放棄することはできない。

頬を引き攣《つ》らせたまま硬直する彩羽に、桐子が「頑張ってくださいね」と、若干の同情と励《はげ》ましを混ぜたエールを送ってくれた。最初に厳しいことを言われただけに、その一言で随分救われた気になる。

「頑張ります」

そう言うしかない。ここまで来たら、覚悟を決めるしかないのだから。

「あの……」

そこで、水沢が遠慮がちに手を挙げた。

「どうぞ」

発言を促《うなが》す湊斗に、水沢がおずおずと口を開く。

「この部署が、前社長の手掛けたプロジェクトのために立ち上げられたというのはわかりましたけど、そのために僕たちは、それぞれなにをすればいいんですか？」

水沢の質問に、湊斗がゆっくりと頷いた。

「この部署に課せられた一番の仕事は、バルゴ・オービットの販売ルートを確保することです」

「それは、技術畑にいた僕や友岡さんに、営業回りをしろってことですか？」

唸《うな》るような声を出した水沢が、困った様子で眼鏡のフレームをいじる。

確かに、ずっと技術畑にいたのなら、突然営業を命じられても困るだろう。

水沢の疑問に答えることなく、湊斗はさらに言葉を続けた。

「社長の意向として、バルゴ・オービットはトキコクの既存の販売ルートを使わず、新しい販売ルートを開拓して欲しいとのことです」

「えっ⁉　どうしてですか？　既存の販売ルートを使った方が確かじゃないですか！」

そう驚きの声を上げたのは、桐子だ。

「忠継社長は、バルゴ・オービットの製造販売における全てを、新しい分野への挑戦と捉《とら》えているようです。そのため、既存の販売ルートに頼ることなく、販路も一から開拓して欲しいとのことでした。既成概念に囚《とら》われないアイディアを引き出すために、あえて営業経験のない者ばかりを集めたのかもしれませんね？」

嘘か本当かわからない友岡の言葉に、湊斗以外の三人が言葉を失う。

普通に考えて、販路なんてそう簡単に新規開拓できるとは思えない。さらなる無茶振りに、頭を抱えたくなった。そんな彩羽の脳裏に、先ほどの水沢の言葉が蘇《よみがえ》る。

『どう思ってこの仕事に取り組むかは、自分次第』

文句を言っていても先には進めない。ならば、この状況を受け入れ前に進むしかないのだ。

「じゃあ、当面の仕事は、自分たちなりにバルゴの販売ルートを検討していく、ということでいいですか？」

彩羽が、友岡、湊斗のどちらともなく問いかけると、二人共が頷いた。

その後は、今後の仕事についての擦り合わせや、お互いが元の部署でどういった仕事をしていたかという情報交換をする。その内に、終業時刻になった。

するとと友岡がいち早く帰り支度を始める。

――慌ただしい……

さっきまで穏やかに話していた人とは思えない、友岡の手際よい帰り支度に驚く。そんな彩羽の視線に気付いた友岡が「妻の病院に行かないとならないので」と、説明する。

「奥さん、どこかお悪いんですか？」

なにげなく発した彩羽の言葉に、友岡が支度の手を止めて言った。

「ええ、長患《ながわずら》いで入院しています」

その表情がなんとも寂しげだ。

「あ……すみません」

――プライベートに踏み込んでしまった。

咄嗟《とっさ》に謝る彩羽に、友岡が「隠しているわけじゃないので」と、柔らかく微笑む。

「それに、皆さんにも知っておいていただいた方がいい話ですから。技術部にいた頃もそうでしたが、妻の介護があるので定時で帰らせていただくと思います。皆さんにも迷惑をかけてしまうかと思いますが、よろしくお願いします」

「わかりました」

彩羽が答えると、他の三人も頷く。

「でも、立ち上げ時から携《たずさ》わってきたこのプロジェクトに、縁あって再び関わることができて幸せです」

感慨深げに話す友岡は「それでは」と、その場にいる一人一人に頭を下げてから部屋を出ていった。

それを見送り、桐子、水沢の順に部屋を出ていくと、彩羽と湊斗が部屋に残された。

この後の行動に迷う彩羽に、帰り支度をした湊斗が近付いてくる。

「じゃあ、食事でもしながら二人でゆっくりこれからのことについて話しましょうか」

少し前の自分なら、憧れの王子様と食事なんて緊張して舞い上がっていただろう。けれど、今はそれどころじゃない。

昨日からわけのわからないことの連続だ。聞きたいことはたくさんある。

「はい。よろしくお願いします」

覚悟して頷く彩羽に、湊斗は綺麗に微笑んだのだった。

◇　◇　◇

湊斗に案内されたのは、看板のない路地裏の小料理屋だった。

屋号を書いたのれんが下げられていなければ、町屋造りの民家にしか見えない外観だ。

けれど、中に入ると、すぐに白木の一枚板のカウンターが目に飛び込んでくる。さらに奥にも幾つか座敷があるようで、しっかりした造りの店だとわかった。

湊斗を見るなり、カウンターの中の板前が「お待ちしておりました」と声をかけ、手の動きでカウンターの一番奥の席に座るよう促《うなが》してくる。

並んで席に腰を下ろすと、湊斗が「とりあえずビールでいい？」と、彩羽に確認してきた。戸惑いながら頷くと、彼は慣れた様子でビールを頼んだ。

すぐに冷えたグラスと瓶ビールが運ばれてきて、湊斗が彩羽のグラスにビールを注《つ》ぐ。

慌てて彩羽が湊斗から瓶を受け取ろうとするけれど、湊斗はそれを手の動きで断り、手酌《てじゃく》で自分のグラスにビールを注《つ》いだ。

「とりあえず、部長就任おめでとうございます」

「ありがとう……ございます」

なんだろう……素直に喜べないものがある。

とんでもない辞令なのはわかっていたけど、今日一日勤めただけでも不安は募《つの》る一方だ。

釈然《しゃくぜん》としない顔の彩羽に、湊斗が楽しげな視線を向けてくる。

「部長就任の辞令を受けてどう思った？」

急にくだけた彼の口調に戸惑いつつ、彩羽は騙《だま》し討ちのような辞令告示から今までのことを思い浮かべた。

仲のいい同僚たちからは宝くじに当選したようなノリで「入社三年の女性社員。事務職から異例の部長昇進」と騒がれたけど、中にはあからさまに厳しい態度を取ってくる人もいた。

平々凡々として出世欲がないように見えた総務部の係長でさえ、彩羽が彼を飛び越えて部長になった途端、態度が豹変したのだ。真剣に出世のチャンスを狙っていた人たちには、受け入れがたい人事だったのだろう。

「いくら男女平等社会とはいえ、この人事はあり得ません。自分で言うのもなんですが、私、いたって平凡な社員なんです」

「逆に、忠継社長が指揮を執《と》る新体制のトキコクでは、そんな目立たないごく普通の社員でも、頑張り次第では出世できるということだ。同時に、俺のような社長の血縁者でも、場合によっては降格される。つまり今回の辞令は、この会社では誰にでも平等に出世のチャンスがあるというアピールになったんじゃないか？」

「香月さんは、社長の血縁者だからじゃなく、きちんと仕事を評価されて社長秘書を任されていたんだと思います」

信頼を感じさせる前社長と湊斗のやり取りを思い出し、彩羽はそう断言する。そして「それに……」と、言葉を続けた。

「あのアンケートで、私が選ばれるのはやっぱりおかしいと思うんです。それこそ、新島さんが言っていたみたいに、無力でどこにでもいそうな社員だから選ばれた、という方がよほどしっくりきます。なんだか本当に、私が失敗して笑われればいいという悪意があるみたいに思えてきました……」

どんなことでも、与えられた仕事は精一杯頑張りたいと思う。だけど、今回の件はさすがに自分の範疇《はんちゅう》を超えている。

思わずぶっちゃけた彩羽の意見に、湊斗が笑みを深めた。

「正解」

「え……？　正解って……」

思っていたことは本当だけれど、それをあっさり認められてしまうと、どう受け止めたらいいのかわからなくなる。

戸惑いの表情を浮かべる彩羽に、湊斗が静かに口を開いた。

「ただしその悪意は、君じゃなく、俺に向けられたものだけど」

「えっ？」

驚く彩羽に、湊斗が「順を追って話そうか」と、グラスを持ち上げて残っていたビールを飲み干した。

「前社長である常葉正史と、現社長である常葉忠継は親子だ。でも二人の関係は、修復が不可能なくらい悪かったんだ。私生活においてもビジネスにおいても、二人はことあるごとに衝突していた」

「……はい」

トキコクの社員なら気付いていたよね。そう視線で問いかけてくる湊斗に、彩羽は頷き返す。

事実、前社長と現社長の関係が険悪であることは、社員なら誰もが知る話だ。

「まあ、そこに至るまでにはそれなりに家族の歴史があるんだけど……。ここ数年、トキコクの経営方針に関する二人の対立は顕著《けんちょ》だった。堅実な販売と地道な技術開発に重きを置く祖父の考えは、伯父には時代遅れに映ったのかもしれない。伯父は旧時代の発想と、祖父の経営方針に否定的な態度を取り続けた」

なにかを思い出しているのか、湊斗は深いため息を吐く。

「……」

かける言葉を見つけられずにいる彩羽に、湊斗は苦く笑って話を再開する。

「だから祖父が長年温めてきた今回のプロジェクトにも、伯父は猛反対だった。それでも俺をはじめとする社長派の人間は、このプロジェクトが百年先のトキコクの利益になると信じて、開発を推し進めてきた。そんな中、祖父が亡くなり、それに乗じた伯父によってプロジェクトは凍結されてしまったんだ」

「あの、前社長が亡くなった後、香月さんが社長になることはできなかったんですか?」

社員の間にも、湊斗が次期社長になるという噂は聞こえてきていた。

「トキコクほど大きな企業になると、そこで働く人の数だけ様々な利害関係や思惑が働く。これまでどおり高品質な時計作りを追求する祖父の理念に賛同する者もいれば、利益効率を優先する伯父の賛同者もいる。祖父が急逝《きゅうせい》した際、経験不足の俺ではなく、序列を踏まえて伯父を社長に推す声が強かった」

「でも、社長秘書から降ろす必要はなかったんじゃないですか?」

思わず疑問を口にした彩羽を楽しそうに眺めて、湊斗が言う。

「伯父には、俺を排除したい理由があったのさ」

「排除したい理由?」

「祖父はこうした事態に備えて、事前に遺言書を残していた。祖父の保有するトキコクの株を全て俺に相続させることで、俺をトキコクの筆頭株主にしたんだ。それにより、経営権は伯父が持っていても、伯父の社長任命権は俺に委《ゆだ》ねられたのさ」

「ええっ、そうなんですかっ⁉」

筆頭株主という大きな話に驚くが、一瞬遅れて素朴な疑問が浮かんできた。

彩羽は小さく手を挙げ、あの……と、その疑問を口にする。

「香月さんがトキコクの筆頭株主なら、大株主として社長を解任することが出来るんじゃないんですか？」

詳しくは知らないが、筆頭株主なら株主総会を開いて社長を解任することが出来るのではないのか。

しかし湊斗は「世の中そんなに簡単に出来てないよ」と、肩を竦《すく》める。

「確かに解任は可能だけど、会社法三三九条一項では『役員及び会計監査人は、いつでも、株主総会の決議によって解任することが出来る』と規定すると同時に、二項で『前項の規定により解任された者は、その解任について正当な理由がある場合を除き、株式会社に対し、解任によって生《しょう》じた損害の賠償を請求することが出来る』とあるんだ」

「はあ……」

ほとんど理解できず、間の抜けた声を出す。そんな彩羽に、湊斗が丁寧に説明してくれた。

「つまり、俺が伯父さんを解任したとしても、そこに正当な解任理由がなければ、伯父さんから逆に訴訟を起こされるということだ。もしそんなことになったら、トキコクのブランドイメージを汚《けが》すことになる」

「ああ……」

「だから俺は、簡単に伯父を解任できない。同時に伯父も、筆頭株主である俺が目障りで仕方ないが、社長解任権を行使されるのは困るってわけ」

「なるほど……」

そこで彩羽はハッとして、思い出したように周囲を窺《うかが》う。

しかし、自分たちが座るカウンターに他の客の姿はなく、背後の座敷にも人はいなかった。

「人に聞かれる心配がないように、あらかじめ席を押さえているから心配しなくていいよ」

「――っ！」

湊斗の一言で、この席だけでなく周りの席まで彼が押さえているのだと理解した。

呆然とする彩羽に、湊斗は話を再開させる。

「祖父の残したプロジェクトをみすみすお蔵入りさせるわけにはいかない。これまでそれに時間を費やしてきた全ての人の気持ちを無下《むげ》にすることになる。だから俺は、祖父のプロジェクトを再始動させるために、伯父にある賭けを申し出た」

「賭け……ですか？」

「そう。祖父が残したプロジェクトを再始動させることと引き換えに、もしそれが失敗したら、祖父から譲渡されたトキコクの株を放棄して会社を辞める、という条件を呑んだんだ。俺の存在を疎《うと》ましく思っていた伯父には、まさに渡りに船だったんだろうな。その賭けを受け入れて、俺にさらなる条件を突きつけてきた」

「ど、どんな条件ですか？」

なんとなく嫌な予感を感じながら尋ねた彩羽を、湊斗が指さす。

「一年以内に結果を出すことと、君だよ。……というより、祖父のプロジェクトを再始動するために新規部署を立ち上げるのは認めるが、その人選を伯父に一任するって条件で、伯父は賭けに乗ると言ってきたんだ」

「はいっ⁉」

「経歴に関係なく全ての社員にチャンスがある……なんて耳に心地いい言葉を掲《かか》げながら、その実、平凡な社員を部長に据えて、このプロジェクトが失敗するのを狙っているんだ」

「そんな……」

今回のあり得ない人事の真相に愕然《がくぜん》とする。自分の両肩にはとんでもないものが乗っかっているのではないか……。そう意識した瞬間、彩羽は思わず自分の肩をはらうけれど、そんなことをしてどうにかなる問題ではない。

まさかトキコクの行く末と湊斗の進退まで、自分が背負っているとは思わなかった。

「なんでそんな無謀な賭けを申し出たりしたんですか……⁉」

「ん、賭けに勝てば問題ないと思って」

「そんな！　……なにを根拠に」

自分には荷が重い……と、悲鳴にも似た声を上げる彩羽に、湊斗が強気な笑みを浮かべる。

「バルゴ・オービットは自信を持っていい商品だと言える。だからこそ、どんな無茶な勝負に出ても、あれを世に出す価値があると思ったんだ」

「ああ……」

そうだ。湊斗が絶対の信頼を置いているのは、前社長が残したプロジェクトとバルゴであって、賭けの条件として押しつけられた自分ではない。

当然と言えば当然のことなのに、なんだか悔しいと思ってしまう。なんともいえない思いを抱えて、彩羽は湊斗に聞いた。

「これからどうするつもりなんですか？」

「もちろん、バルゴを世に出すのさ。そして、祖父の判断が間違っていなかったこと、バルゴの開発に携《たずさ》わった人たちの努力は無駄じゃなかったってことを証明する」

強気に話す湊斗が「そうじゃないと、彼らに失礼だ」と、小さく呟《つぶや》いた。

その横顔に、彼の静かな覚悟を感じる。

しかし、どれだけバルゴが優れた商品だとしても、彩羽にはかなり無謀な賭けに思えた。

だが、湊斗がそこまで強く願っているのであれば、自分になにができるかわからないけれど、彼に協力したい。

「バルゴを世に出す。それが出来れば、香月さんは満足ですか？」

そう問いかけると、湊斗が「まさかっ」と、眉を上げる。

「賭けには勝つ。そして、伯父からトキコクの経営権を奪うつもりだ」

「はい？」

法律的な問題があってそれは難しいと、さっき自分で話したばかりではないか。

戸惑う彩羽に、湊斗は力強い声で宣言した。

「伯父がどういう人間か知っているからこそ、彼にトキコクを任せるわけにはいかない」

「……？」

「伯父は、有名企業の経営者の家に生まれたのは、宝クジに当たったようなものだと考えている。長い時間をかけて築き上げてきたトキコクのブランドネームを、労せず収益を生む打ち出の小槌《こづち》かなにかと勘違いしている。そしてその打ち出の小槌《こづち》で生み出した利益は、自分だけのものだと思っているんだ。そんな人間に、百年近くも続いたトキコクの未来を任せるわけにはいかないからね」

確かに忠継社長が経営するようになってから、なんとなく会社にピリピリした空気が漂《ただよ》っているような気がする。前社長が生きていたら、忠継社長が会社を任されることはなかっただろうと話す社員もいるくらいだ。

「だから俺は、この賭けに絶対勝たなくちゃならない」

強い決意を感じて言葉を失う彩羽に、湊斗がＡ４サイズの封筒を差し出した。

「なんですか？」

湊斗に促《うなが》されて中を確認すると、大手企業のパンフレットや会社概要が複数収められている。

視線で意味を問いかける彩羽に、湊斗が綺麗な笑みを浮かべながら言った。

「好きな会社を選んで」

「え？」

「どの会社も、今までと変わらない労働条件で君を受け入れてくれる」

「どういうことですか？」

意味がわからず、彩羽はキョトンとする。

「どうしても無理だと思うなら、そのどこかに転職するといいよ」

「……私が部長だと、迷惑ですか？」

昨日は彩羽を受け入れてくれたような口調だったけれど、やはり実際は、荷が重いと思われていたのかもしれない。落胆する彩羽に、湊斗がゆっくりと首を横に振る。

「違うよ。俺は、どんな人間が来ても受け入れる覚悟はできていた。これは、君の問題に対する保険だよ」

「私の……問題の保険、ですか？」

「そう。君に能力があろうとなかろうと、部長になるならそれなりの覚悟がいる。無理なら深入りする前に、逃げ出した方がいい」

部長は誰でもいい。だから彩羽でもいい――そう面と向かって言われて面白くはない。けど、言い方はどうあれ、この提案は彩羽の立場を配慮してくれてのことだろう。

「……」

「どうする？　逃げる？」

――逃げるって……

湊斗は、どこか挑戦的な視線を彩羽に向けている。なんだか、彩羽の覚悟を試《ため》しているように感じた。

静かに呼吸を整えて、彩羽は「これは、結構です」と、一度は受け取った封筒を湊斗に突き返す。

「秘書の常葉さんに、あれだけ大きなことを言っておいて、自分だけ逃げ出すなんて恥ずかしくて出来ません」

そう言って封筒を返すと、湊斗はあっさりとそれを受け取った。

「そう。それは残念」

残念と言いながらニンマリと微笑む湊斗は、初めからその答えを予想していたのかもしれない。

——香月さんって、意外に腹黒いのかな……

ずっと憧れていた素敵な王子様は幻想にすぎなかったのかと、心が萎《しぼ》みかける。

そんな彩羽に湊斗が「まあ、よかったよ」と、再びグラスにビールを注《つ》いで口を付けた。

「それは、どういう意味のよかったですか？」

釈然《しゃくぜん》としない気持ちの彩羽に、湊斗が言う。

「覚悟はしていたけど、できることなら、能力もないのに部長風吹かして、部内を掻き回すような奴じゃなきゃいいと思ってた。でも今日、圭太に真っ向から噛み付く君を見て、君の部下になるのも面白いと思ったんだ」

「……」

これは褒《ほ》められているのだろうか……

判断に困っていると、湊斗が艶《つや》やかな笑みを浮かべた。

「君が残ってくれてよかったよ」

「……っく」

——ずるい。

彼は、どうやら本気で彩羽が残ったことを歓迎してくれているようだ。

湊斗は、自分が思っていたような優しい王子様ではないのかもしれない。でも、そんな色っぽい顔で微笑まれたら、それだけで心臓が悲鳴を上げる。

イケメンはきっと、本能的に笑顔の活用法を承知しているのだろう。じゃなかったら、こんなにも簡単に人をドキドキさせられるはずがない。

頬が熱くなっているのは、アルコールのせいだ。自分にそう言い聞かせ、彩羽はビールを一気に飲み干す。すると、すかさず湊斗が空《から》のグラスにビールを注《つ》いでくれる。

そして自分のグラスを彩羽のグラスに当てて「これからよろしく」と、また艶《つや》やかな笑みを向けてくるから、たちが悪い。

彩羽は覚悟を決めて、再びビールを呷《あお》ったのだった。

2　手のひらの宇宙

その週の金曜日。彩羽が出社するとすでに湊斗が仕事をしていた。

「おはようございます」

「早いね」

彩羽が声をかけると、顔を上げた湊斗と目が合う。

――早いねって……

「香月さん……ちゃんと家に帰ってますか？」

思わず確認してしまう彩羽に、湊斗が笑った。

「もちろん帰ってるよ。自宅が会社に近いから、みんなより早く着くだけだ」

そう言うと、湊斗はすぐに視線をデスクに戻す。

自分のデスクに鞄《かばん》を置いた彩羽は、それとなく湊斗の様子を窺《うかが》った。

配属初日に一緒に食事をした時以外、湊斗は毎日、誰よりも早く出社して、いつも最後まで残っている。

それに気付いてからは、彩羽もなんとなく早めに出勤するようにしていた。

彩羽もなにかしようと思うのだが、デスクの上に置かれている書類はすでに何度も目を通したものばかりだ。

バルゴの全容が明らかになっていない中、新規販売ルートを考えて意見を出し合ってはいるものの、肝心のバルゴについての情報が乏《とぼ》しすぎて、営業に出向くことも出来ずにいる。

――それにしては、香月さんはずっと忙しそうにしているんだよね……

「なにか、お手伝いすることはありますか？」

思い切って声をかけると、湊斗がおもむろに顔を上げまじまじと彩羽を見つめてきた。

「えっと……なにか？」

思いのほか強い視線の意味を考えていると、遠慮がちに尋ねられる。

「……そのスーツ、昨日と同じ？」

――スーツ？

湊斗の言葉に、彩羽は自分の姿を見下ろした。

総務部にいた頃は華美にならない私服で通勤していたが、部長就任以降はスーツを着るようにしている。今日は白いシャツに、無難なデザインの紺のレディーススーツ。昨日着ていたスーツと似てはいるが、違うものだ。

「いえ。違いますよ」

目立つことが苦手な彩羽としては、派手すぎず地味すぎず無難な装《よそお》いを心がけていたのだけど。

自分を見つめる湊斗の眼差しは、何故かもの言いたげだ。

――もしかして、この格好じゃダメだった……？

「なにか、気になることがあるなら教えてください」

「そういう、ゆったりしたデザインの服が好き？」

「ゆったり……というか、無難で長く使えるデザインを選ぶようにしています」

「そう……」

呟《つぶや》く湊斗は顎《あご》に手を添え、変わらずもの言いたげな視線を向けてくる。隅々まで観察されているような視線に、次第に居心地が悪くなってきた。

——スーツのデザインに、なにか問題があるのだろうか？

そう思って、自分と湊斗のスーツを見比べてみる。

無言で彩羽を見つめる湊斗は、いつもタイトでプレスの利いたスーツを身に纏《まと》ってい る。ものすごく凝《こ》ったデザインというわけではないけれど、よく見ると縫《ぬ》い目やボタンの一つ一つに、丁寧な仕事を感じる品ばかりだ。

——見る人が見たら、安物かどうかすぐにわかっちゃうんだろうな……

湊斗がなかなか口にしない問題に、そう当たりをつける。

「やっぱり、もう少し高いスーツを買った方がいいですか？」

「……と、いうか」

おずおずと口を開いた彩羽に、湊斗が言葉を発しかけた時、勢いよくドアが開いた。

「高い服を着ればいいって問題じゃないと思います！」

そう高らかに宣言しながら入ってきたのは、桐子だ。

「え、新島さん……？」

朝の挨拶《あいさつ》もなく、いきなりそう宣言した桐子は、自分のデスクではなく湊斗のデスクに歩み寄り、彼のスーツをじっと観察する。

「香月さんのスーツは、確かにいいものです。友岡さんや水沢君のスーツとは、まず生《き》地《じ》からして違います。双糸織《そうしお》りの、艶《つや》やかで光の加減でグラデーションが生まれるこの感じからして、イタリア製の生地《きじ》を使ってますね」

「……ああ」

勢いよくまくし立てられて、戸惑いぎみに湊斗が頷く。自分の推測が当たった桐子は、そのままの勢いで言葉を続けた。

「このスーツは、たぶん一点物のオートクチュールです。ネクタイも一流ブランドの品だし、シルクのシャツは貝ボタンで、細部までお金をかけていますね」

「すごい、よくわかりますね……」

流れるような解説に、彩羽が感嘆の声を上げると、桐子に一蹴《いっしゅう》された。

「一般常識です」

――それは、どこの世界の一般常識ですか⁉

驚く彩羽に、桐子は「でも、大事なのは金額じゃありません」と、ビシッと指をさす。

「見てください！　スーツとシャツの色の組み合わせが絶妙で、Vゾーンを爽《さわ》やかに演出していますね。それに、使っているカフスやネクタイピンがお洒落《しゃれ》で、センスを感じます」

桐子の解説を頭に入れた上で、改めて湊斗の姿を観察すると、確かに彼の着こなしには細部までこだわりを感じる。

「高いスーツを着るだけなら、お金さえあれば誰にでも出来ます。でもそれを素敵に見せるには、着こなしとセンスが重要なんです！」

「センス……」

となると、高いスーツを買えば解決出来る問題ではなくなる。

途端に困り顔を見せる彩羽に、桐子がたたみかけてきた。

「大体これから部長の就任会見があるっていうのに、牧瀬さんの格好はダサすぎます。野暮《やぼ》ったくて、女性としての魅力が感じられません。最年少女性管理職として、これから世間の注目を集める立場にあるのに、見た目が残念すぎますよ」

「うう……っ」

遠慮のない桐子の言葉がグサグサと胸に刺さる。

でも本当のことなので、否定できない。

助けを求めるように湊斗を見ると、ため息と共に肩を竦《すく》められてしまった。どうやら湊斗も桐子と同意見らしい。

「俺にちょっと考えがあるのだけど……」

情けない顔をする彩羽に湊斗が声をかけた時、再びドアが開いて水沢が顔を見せた。

「皆さん、早いですね。暇なんですか？」

部屋を見渡し、水沢が言う。

「暇潰しに来てるんじゃないわよっ！　仕事しに来てるのよ」

桐子が眉を吊り上げて怒鳴《どな》る。

でもそんな桐子の剣幕に臆することなく「奇遇ですね。僕もです」と笑顔で答えて、水沢は自分のデスクに腰を下ろした。

その飄々《ひょうひょう》とした態度に毒気を抜かれたのか、桐子はしばらく口をパクパクさせていたが、諦めた様子でため息を吐き自分のデスクに座った。

さらに始業直前に友岡が姿を見せたので、そのまま各々《おのおの》席で仕事を始める。しばらくして、パソコンと向き合っていた水沢が「あれ……」と、呟《つぶや》いた。そして慌ただしくマウスを動かす。

「どうかしましたか？」

そのいつもと違う水沢の様子が気になって、彩羽が声をかける。席を立って水沢の近くまで行くと、水沢が彩羽を見上げてきた。

「部長の就任会見、ちょっとまずいかもしれません」

その言葉に、他の三人も反応して水沢の席に集まってきた。水沢はみんなに見えるようパソコンの画面を動かして口を開く。

「ここを見てください。新作タブレットのお披露目《ひろめ》と、部長の就任会見の日時が被ってます」

そう言って、パソコンの画面を叩いた。

パソコンの画面には、パソコンを主軸にスマホやタブレットといったデジタル端末を手広く扱っている海外メーカーのサイトが開かれている。

「あっ、本当だ」

素早く画面に目を走らせた桐子が、ハッと息を呑んで口元を手で覆《おお》う。

彩羽も水沢が示す場所を確認する。そこには、彩羽の就任会見と、まったく同じ日時が表示されていた。

「そう来たか。見落としていた……」

彩羽の隣に立つ湊斗が低い声で唸《うな》る。

「自分なりに販路を探そうと思って、メーカーに就職した先輩と連絡取ってたんですが、その人に教えてもらって今知りました」

その言葉に、飄々《ひょうひょう》として見える水沢が、人知れず努力していたのだと知る。

「これじゃあせっかく会見を開いても、ほとんど注目されないわよ」

苛立って声を荒らげる桐子に、水沢が頷く。

「先輩も、しばらくはここの新作タブレットの話題で持ちきりになるから、同じタイミングで会見を開いてもインパクトが弱いと言っています。まして会見と一緒に新商品を紹介したところで、記事にはならないだろうって。いっそ、会見を先に延ばすか、前倒しにした方がいいと言われました」

「確かに……」

そう答えつつ、彩羽はダメもとで湊斗に聞いてみる。

「会見って、先送りには出来ないんですか？」

「難しいだろうな……」

湊斗が渋い顔をする。

先日、湊斗に聞かされた話を考えると、話題性の強い他社の新商品のお披露目《ひろめ》と会見の日時を合わせてきたのは、意図的にされたものだろう。

「このまま、会見するしかないですね」

諦めた様子の友岡の意見に、桐子が小さく首を横に振る。

「でも、このままじゃ、ニュースでは取り上げてもらえませんよ。取り上げられたとしても、トキコクに若い女性部長が誕生したことを報じるくらいで、バルゴまでは……」

「しばらくは、雑誌やネットでも新作タブレットばかり取り上げられるでしょうね。就任会見の取材だって、人手不足の小さなところは来ないだろうし」

補足するように水沢が言う。

「……っ」

もしこれが、全て社長が仕組んだ妨害工作ならば、つくづく意地が悪い。

チラリと視線を向けると、湊斗は握り拳《こぶし》を口元に当てなにか考えている様子だ。

この空気をどうにかしなくては……！　そう思って、彩羽は思い切って口を開いた。

「難しくても、社長に相談してみてはどうでしょう？　もし前倒ししてもらえれば、少しの間でも注目してもらえるかもしれませんよ」

そんな彩羽に、湊斗は「無理だよ」と、首を振る。

「社長は君の就任会見の前日まで休暇を取ってる。休養を兼ねて大がかりな人間ドックを受けるため長野の病院に行くらしい。よっぽどの非常時以外、連絡を取ることは禁じられている」

――ええ、このタイミングで人間ドック⁉

つくづく用意周到で意地が悪い。

思わず呆れてしまった彩羽だけど、すぐに表情を変えて湊斗を見る。

「その言い方……もしもの時の連絡方法はあるんですか？」

「……ああ。連絡役として、秘書の圭太が残ってるから」

湊斗の言葉に頷くと、彩羽はすぐさまドアに向かって歩き出す。そんな彼女を湊斗が呼び止めた。

「どこに行く気だ？」

「常葉さんのところです。常葉さん経由で、社長に日時の変更を掛け合ってもらいます」

「そんなの、アイツが聞くわけないだろ。アイツに頭を下げるとか、そんな無駄なことを、君がする必要はない」

後を追ってきた湊斗が、彩羽の手首を掴《つか》んだ。

「でも……」

「どうせ無駄に終わる。時間とプライドの無駄遣いだ。俺がなにか手を考えるよ」

落ち着いた様子で話す湊斗に、彩羽は眉を寄せる。

毎日、この部署の誰よりも早く出社して、誰よりも長く会社に留まり、一人黙々と仕事をしている。彼がなんのためにそこまでするのかは、先日聞いたばかりだ。

——会社と、そこで働く人のため。

それなのに、どうして彼は、その社員を頼ることなく、面倒なことを全て自分で抱え込もうとするのだろう。そんな湊斗に、苛立ちを覚える。

彩羽は背筋を伸ばし、真っ直ぐ湊斗を見て宣言した。

「私のプライドは、そんなことでは傷付きません。なんの努力もさせてもらえない方が傷付きます」

彩羽の声の大きさに驚いたのか、彩羽と見つめ合う湊斗の手が緩《ゆる》む。

その隙に湊斗の手を振り解いた彩羽が皆に言った。

「無駄かもしれませんが、掛け合ってみます。そうすれば、少なくとも、変更を申し入れたのに聞き入れてもらえなかったという事実は残ります。もちろん、なるべく変更してもらえるように頑張りますけど……」

最悪その事実を残すだけでも、後々なにかの役に立つかもしれない。

「……君がそんなことをする必要はないよ」

「それは、私がお飾りの部長で、この部署でなんの期待もされていないからですか？」

「そうは言ってないが……」

湊斗は言葉を濁《にご》したが、なにより自分が一番自覚している。

でもそれは認めてもらえるだけの行動をしていない自分が悪いのだ。

「私に力がないのは十分承知しています。それでも私は、この部署の責任者です。だから、出来る努力をさせてください。私はここにいる皆さんより年下だし、バカで頼りないかもしれませんけど、常葉さんに頭を下げるくらいなら出来ます。この部署のために、せっかく水沢さんが入手してくれた情報を活かせず、またあの軽薄太郎にバカにされるなんて悔しいです」

「軽薄太郎って……」

湊斗がなにか言いたげな顔をするけれど無視した。

彩羽は他の三人に視線を向け「知恵を貸してください」と頭を下げる。

「とりあえず頼みに行ってきます。でも無理だった時に備えて、他になにか対策がないか皆さんで考えてください」

そう言って、彩羽は部屋を飛び出した。


それから一時間後。

「戻りました……」

勢いよく部屋を飛び出して行った彩羽は、重い足取りで新規開発販売促進部に戻ってきた。

暗い表情で部屋を歩き、そのまま自分のデスクにどさりと座り込む。

「どうでした？」

そう声をかけてきた水沢も、答えは予想出来ているだろう。情けない表情で彩羽が首を横に振ると、表情を曇らせた。

「今回の会見のために、わざわざホテルの大広間を予約したから変更するのは無理だと言われました。それに肝心のバルゴ・オービットが手元に届くのも、その日の朝になるそうです」

バルゴはまだ生産ラインに載せたばかりなので、社長の手元にも実物がないのだとか。

そうなると、会見を前倒しにしても意味がない。

「あれだけ偉そうなこと言っておいてすみません」

肩を落とす彩羽に、ずっと黙っていた湊斗が「なるほど」と、声を出す。

「……?」

顔を上げると、湊斗がニヤリと笑った。

「牧瀬部長の働きのおかげで、はっきりしたことが二つある。一つは、会見の場所がきちんと押さえてあるということ……」

湊斗は腕を伸ばし、人差し指を立てて言った。彼は次に中指を立てて言葉を続ける。

「もう一つは、バルゴは、まだ会社関係者の手元にないこと。つまり当日になって、納品が間に合わなかった、と言い出す可能性があるということだ」

圭太からけんもほろろに断られ、なす術《すべ》もなく帰ってきた彩羽だったが、今の短い会話からそれだけの情報を読み取った湊斗に驚く。

でも、それがわかったところで、自分たちになにが出来るのだろう。

彩羽は席に座ったまま、途方に暮れる。

すると、「ねぇ、なんか変じゃないですか」と、桐子が眉を寄せた。気付くと、彼女は彩羽の席の近くまで来ている。

「今の話を聞いていると、社長たちがこのプロジェクトの邪魔をしているように聞こえるんだけど？」

　この部署を「前社長の負の遺産」と評していた桐子には、なにやら思うところがあったのだろう。

「歓迎されていないのは、事実です」

「――っ！」

　彩羽の言葉に、桐子が息を呑む。

「社長には社長の考えがあるみたいで、それが私たちの目指すものと違うのは確かです」

　なにもわからないまま働くのは不安だ。自分だって、湊斗から話を聞いたからこそ、ここに残る覚悟が出来たのだ。

　でも自分の立場では、なにをどこまで話していいのかわからない。だから彩羽は、言葉を選びながら自分の思っていることを口にした。

「考え方は人それぞれで、全ての人に賛同してもらえる仕事って、意外と少ないと思います。でも自分で決めた仕事なら、私は頑張るべきだと思います」

　彩羽の言葉に桐子が目を細め、なにかを探るように問いかける。

「なんのために？　社長に嫌われるため？」

「自分で自分を嫌いにならないためです。いざとなったら会社は辞められます。でも、自分の人生は、そうはいきません。だったら、自分に正しく生きた方がいいじゃないですか。じゃないと、後でしんどくなりますから」

「……」

大きくため息を吐いた桐子が、踵《きびす》を返す。

そのまま部屋を出て行ってしまうのかと、不安な気持ちで彼女の背中を見つめる。すると桐子は、自分のデスクに置いていた書類を持って再び彩羽のデスクに戻ってきた。

「これを見てください」

桐子は、彩羽のデスクにその書類を置く。

「これは……?」

そこには、いくつかの女性誌の名前がプリントアウトされている。

「今の状況で、ビジネス誌や一般のニュースでウチの情報を取り上げてもらうのは困難です。でも友岡さんや香月さんが、バルゴ・オービットが間違いなく上質な女性物の腕時計だと断言するのであれば、女性ファッション誌に売り込み、記事で取り上げてもらうのはどうでしょう?」

突然提案された内容が上手《うま》く呑み込めず書類と桐子を交互に見比べてしまう。そんな彩羽に桐子が言った。

「部長が席を外している間に、出版社に就職した友達何人かに当たってみたら、興味を示してくれるところがありました」

「あっ……」

初めて、桐子に「部長」と呼ばれた。

「ほう、男の私たちでは思い至らない考えですね」

背後から聞こえる友岡の声に小さなえくぼを作り、桐子は現在回答を待っている雑誌と、すでに回答をもらっている雑誌の名を挙げていく。

「すごい、ありがとうございます！」

この短い間にここまでのことをしていた桐子に、驚きを隠せない。

表情を輝かせる彩羽を見て、桐子が気まずそうに口を開いた。

「部長の言うとおりです。このまま生きるのはしんどいです」

なにかを吹っ切ったように息を吐き、桐子が続ける。

「私、もともとは出版社、それもファッション誌狙いで就職活動してたんです。でも全滅してしまって……出版社に入れないならどこでもいいやって、トキコクに入ったんです。だからずっと、自分で自分を負け組だって決めつけて、ふてくされながら仕事をしてきました。……だからここへの異動が決まった時、そんな自分を見透《みす》かされた気がして恥ずかしくなったんです」

「ああ……」

そんな経緯があったから、あの時、あんなに感情的になっていたのだ。

同時に、湊斗のスーツについて語った、桐子の豊富な知識に深く納得する。

「改めて、あの日はすみませんでした」

桐子が姿勢を正し、彩羽に向かって頭を下げる。

「ずっと負け組でいるのは辛いです。だから、部長の言うとおり、自分で負け組って決めつけるのをやめて、自分に恥ずかしくない仕事がしたい。そのために、ここで頑張りたいと思います」

「……新島さん」

「負けた自分が惨《みじ》めで、出版社に就職した友達とは疎遠になってたんです。だけど、初日に部長に言われたことに色々思うところがあって……、その子たちに片《かた》っ端《ぱし》から連絡を取ってみたんです」

話していくうちに、桐子の表情が明るくなっていくのがわかる。それこそ、こっちまで頑張ろうと思えるような晴れやかな顔だった。

「ありがとうございます。私も頑張ります！」

思わず立ち上がり、桐子に向かってそう宣言する。そんな彩羽の肩を、いつの間にか背後にいた湊斗がポンッと叩く。

「ちょうどいい」

「……え？」

「朝の話の続きになりますけど、部長は、頑張ってその外見をどうにかしてください」

「そうね。まずはそこからね。このままじゃダサすぎて、女性誌に取り上げてもらえないわ」

湊斗の意見に、桐子も大きく頷いた。

二人のやり取りで、今朝の会話を思い出す。

「そうですか？　いつもきちんとされてるし、問題ないんじゃないですか」

そうフォローしてくれたのは友岡だ。

でもそんな友岡の意見を、桐子がばっさりと否定する。

「雑誌の向こう側の人は、きちんとしてるかどうかなんて興味ありません。きちんとダサいスーツを着てる女より、緩《ゆる》くてもお洒落《しゃれ》で可愛い女の方が評価されるんです。部長にはまず読者の興味を引いてもらわないと！　女性誌にバルゴをアピールするつもりなら、その見た目じゃダメです！」

「あ、でも、地方の役場とか行くと、部長みたいな感じの人、結構いますよ。安定のダサさで親しみが持てます」

水沢が親指を立ててフォローしてくれるけど、なんの救いにもならない。

――心が痛い……全員から、ダサいと思われていたなんて……

「でも、センスがないと新しいスーツを買っても駄目なんですよね？」

新しいスーツを買ってどうにかなる問題なら、そうさせてもらう。でも今朝の桐子の説明だと、それだけでは足りないのではなかったか。

彩羽が情けない視線を湊斗に向けると、大丈夫とばかりに微笑まれた。

「部長、早速ですけど、明日のご予定は？」

「……特に、なにもないです」

すると湊斗が、満面の笑みで頷いた。

――なんだろう……すごくなにか企《たくら》んでいそうな笑顔に見える。

「それならちょうどいい。すみませんが、明日は私に付き合っていただけますか」

押しの強い口調は、誘うと言うより命令に近い。

とはいえ、外見を変えるなんて自分一人でどうにかできるとも思えず、彩羽は明日の約束をすることになるのだった。

◇◇◇

翌日の土曜日。スポーツタイプの高級車の助手席に座る彩羽は、ハンドルを握る湊斗の様子を不思議な気持ちで窺《うかが》う。

「なに……？」

彩羽の視線に気付いたのか、湊斗がチラリと視線を向けてくる。

「いえ、なんというか……当たり前のことなんですけど、スーツ以外の服も持ってるんですね」

「そりゃ持ってるよ」

彩羽の感想に、湊斗が呆れたように笑う。

今日の彼は、いつものタイトなスーツ姿ではなく、サマーニットにジーンズというラフな装《よそお》いだ。髪もワックスで自然に後ろに流していて、いつもより若い印象を受ける。

そんな彼の運転する車の助手席に、自分が座っているという状況に、頭がついていかない。

――少し前までは、一生口をきくこともない相手だと思ってたのに……

これは仕事だとわかっていても、なんとなく緊張してしまう。

「それで、私はなにをどう頑張ったらいいんでしょう？」

緊張をほぐそうと、湊斗に話しかける。

昨日は、自分の外見に散々な評価を受けた。あの後、桐子は参考資料としてファッション雑誌を買ってきて、彩羽に見るよう勧めてくれた。

家に帰ってひととおり目を通してみたけれど、どうやったら雑誌に載っている人たちのようなお洒落《しゃれ》な着こなしが出来るのか、彩羽にはさっぱりわからなかった。

それを思い出して、つい弱音が漏《も》れてしまう。

「魔法でも使わない限り、難しいように思います」

「魔法は使えないけど、魔女のような知り合いがいるから、部長のことを頼むことにした」

「魔女……？」

一瞬、黒いマントを着てとんがり帽子を目深《まぶか》に被った老婆が鍋を掻き混ぜる姿が頭をよぎる。けれど、それはさすがに違うだろう。

「俺の同級生が、女性向けのトータルビューティーアドバイザーをしている」

「トータルビューティーアドバイザー……？」

――それはどういう仕事なのだろう。

上手《うま》く想像ができず首をかしげる彩羽に、湊斗が言葉を補足した。

「エステはもちろん、自分の厳選した服やアイテムを店で販売したり、それを上手《うま》く着こなす方法をアドバイスしているらしい……」

「らしい？」

歯切れの悪い言葉が気にかかった。すると、湊斗が肩を竦《すく》めて謝ってくる。

「実はそこ、女性専門の店でね。正直に言うと、よくは知らないんだ」

「ああ、なるほど」

確かに男性の湊斗には縁遠い店だろう。

――要はエステみたいなお店なのかな？

そんなことを考えていると、湊斗がボソリと呟《つぶや》いた。

「まあ、人間的には……悪い奴じゃないから安心して」

「えっ……わかりました……」

――人間的には悪くないけど、他はそうではないのだろうか……

一気に不安になってくる。

もし昨日以上のダメ出しをされたら、さすがに心が折れるかもしれない。

「あの……そんなに見た目って、大事ですか？」

思わず、そんな言葉が口から出てしまった。

「もちろん、すごく大事だよ」

「そう……ですか」

非の打ちどころのないイケメンから言われると、自分の存在を否定された気になって切なくなる。

がっくりとうなだれる彩羽に、今度は湊斗が声をかけてきた。

ます」

「部長の目から見て、普段の俺のスーツ姿ってどう?」

「どうって……、昨日、新島さんが言っていたとおり、センスがあってお洒落《しゃれ》だと思います」

彩羽がおずおずと答える。

「そう。ありがとう」

湊斗は、軽い口調でお礼を言って、そのまま話を続けた。

「俺も新島女史も、牧瀬さんのスーツ姿に思うところがあるという点では意見が一致している。でも俺と彼女では、その狙いが少し違うんだ」

「……どう違うんですか?」

「彼女は、部長の外見を女性誌で特集しやすいタイプに変えることで、バルゴの広告塔にしていこうと考えているみたいだ。だけど俺は、部長になると決めたなら、君は自分を守る装《よそお》いをするべきだと思っている」

「自分を守る装《よそお》い……?」

「ビジネスマンにとって、スーツは武装だ。でもそれは、女性にも当てはまると思う」

「武装……ですか?」

不思議そうな顔をする彩羽に、湊斗が頷く。

「簡単に言うと『相手にナメられたら負け』って、感じかな。ビジネスの世界では、いつも心のどこかで相手を値踏みしている。目の前の奴が自分より上か下か、常に考えているんだ。経験が豊富か、どれくらい仕事が出来るか、家柄はどうで、どんな人脈を持っているか……」

湊斗は前を向いて運転しながら、淡々と話を続ける。

「手っ取り早く自分が上に立つには、相手に畏敬《いけい》の念を抱《いだ》かせることだ。その方法の一つとして、自分の外見を磨くことは実に有効だと思う。たとえば、上品なスーツをさりげなく着こなし、自信のある立ち居振る舞いをするとかね」

そこで一旦言葉を切った湊斗が、チラッと確認の視線を向けてくる。それに頷くと、彼は話を再開した。

「今の部長は、異例の出世で世間の注目を集めやすくなっている。つまり、部長の印象次第で、俺たちの進めるプロジェクトや部署の評価が大きく変わるんだよ」

「……っ！」

湊斗のその言葉に、たかがスーツと考えていた自分の甘さを思い知る。

トップが、湊斗のように優雅で隙のない装《よそお》いをした自信を感じさせる人間か、自分のように地味で冴えない見るからにおどおどした人間かによって、周囲の受ける印象は大きく違ってくるだろう。

「全ての人が君の部長昇進を歓迎しているわけじゃない。だからこそ部長は、相手につけ入る隙を与えてはならないんだ」

「はい……」

「仕事において、周囲の目を意識するのは大事なことだよ。そのために、部長には部長という肩書に合った振る舞いを心がけて欲しい」

子供に言い聞かせるように、湊斗は彩羽に言う。

「だから香月さんは、私のことを『部長』って呼ぶんですか？」

昨日、桐子に初めて「部長」と呼ばれた時、少しだけ存在を認められた気がして嬉しかった。

つい最近まで社長秘書をしていた湊斗が、人前で彩羽のことを「部長」と呼ぶことで、周囲に彩羽が認められていると印象づけようとしているのかもしれない。

彩羽の問いに、湊斗は無言で肩を竦《すく》める。はっきりと否定しないのは、肯定しているということだ。

——ああ、そうか……

彩羽の脳裏に、昔見た光景が蘇《よみがえ》ってくる。

前社長が健在だった頃、社長が立ち止まって湊斗になにかを確認する姿を見かけたことがあった。すぐに返答する湊斗に、満足そうに頷く社長の姿は、彼が社長から強く信頼されていると印象づけるのに十分だっただろう。

もしかしたらあれは、前社長が周囲に湊斗の存在を認識させるための演出だったのかもしれない。そう思った。

一人納得する彩羽は、思い切ってお願いを口にした。

「あの、できれば社外では、私のことを『部長』って呼ぶのは、やめてもらえませんか？　分不相応で、その……落ち着かないので」

「そう」

湊斗は難しい顔をした後、「わかった」と半笑いで付け足した。

「香月さんも、無理して呼んでたんですね」

彩羽が苦笑する。

「無理って言うか、まあ……正直あり得ない人事だからね。それでも、俺の事情を知った上で部長として残ってくれた君には、最大限の敬意を払うつもりでいるよ」

湊斗が自分を部長として扱うのは、社長との賭けがあるからだ。プロジェクト実現のために、能力のない人間でも受け入れる、彼の覚悟の表れにすぎない。

ぼんやりとそんなことを考えていると、彩羽が拗《す》ねているとでも思ったのか声をかけられる。

「これでも君のことは、最初から評価しているんだよ」

最初というのは、掲示板の下で卒倒しそうになっていた時のことだろうか。それとも、就任初日に圭太と言い合った時のことか。

どちらにしろ、あまりいい印象を与えたとは思えない。

釈然《しゃくぜん》としないものはあるが、一応お礼は言っておく。

「ありがとうございます」

「それで、君のことは外でなんて呼べばいい？」

「え、普通に呼んでもらえれば」

「じゃあ、彩羽」

「――っ！」

突然名前を呼び捨てにされて赤面する。それを悟られたくなくて、急いで頬を両手で覆《おお》った。

湊斗は、そんな彩羽の反応にひとしきり肩を震わせた後、「なんてね」と言って笑う。

「牧瀬さんって、呼べばいい？」

「……そうしてください」

――ビックリした……！

湊斗が冗談を言うと思っていなかったので、そのことに驚いてしまう。

「そういえば。新島さん、いつの間にか牧瀬さんのこと、部長って呼んでたね」

「……気付いていたんですか」

桐子が彩羽を「部長」と呼ぶようになったのは、社長秘書の圭太に会見の日程変更を交渉に行った後からだ。

「うん。俺が思うに、牧瀬さんの『自分に正しく生きた方がいい』って言葉が、彼女の心を動かしたんじゃないかな。君の言葉には嘘がないから、人の心に響くんだ」

いきなり手放しに褒《ほ》められて、驚いてしまう。

なんだか急に車内が暑くなったように感じて、彩羽は焦って口を開いた。

「じ、自分の正義に忠実に生きているだけです」

照れ隠しにしても、唐突すぎる彩羽の発言に、湊斗が噴き出す。

「なに、その武士道みたいな生き方」

「武士道ってわけじゃないですけど……私が、自分で自分に課している人生の目標なんです」

「へー、人生の目標？」

「私、中学生くらいの時に、『世の中って、私の手には負えないな』って思ったことがあったんです」

「まあ……」

そりゃそうでしょ、とでも言いたげな湊斗が、微妙な表情で頷いた。羞恥心《しゅうちしん》に居たたまれなくなりながらも、話し出してしまった以上は、と先を続ける。

「私って昔から本当に平凡で、それが嫌でしょうがない時期があったんです。どんなに部活や勉強を頑張っても、平均以上にはいけなくて。だから、頑張ったって意味なんかないんだーって思って……」

「うん」

「それで私、頑張るのをやめようと決めて、ある日、学校をサボったんです。でも小心者だから、そのうち、すごく悪いことをしている気がしてきたんですよね。家にいても、後ろめたくて泣けてきちゃって。結局、遅刻して学校に行って、部活まで参加したんです」

「なんだか、想像出来るよ」

彩羽の言葉に、湊斗が小さく笑う。

「でもそれで納得したんです。世の中、頑張ってもどうにもならないことは確かにあるけど、自分が嫌な思いをしないために正しく生きるのは大事だって。だから、どんな状況でも、自分が正しいと思うことに忠実に生きようって決めたんです」

もともと自慢出来るような能力もない自分が、なにもせずに誰かの期待を背負えるはずがないのだ。

努力したところで、周囲の期待に応《こた》えられるとは限らない。それでも自分自身の心の平穏のために、与えられた仕事を精一杯頑張ろうと決めたのだ。

だから外見を変える必要があるというなら、努力するしかない。

ちょうどそこで、車が赤信号で停まった。緩《ゆる》やかにブレーキを踏んで車を停車させた湊斗が、彩羽をまじまじと見つめて呟《つぶや》いた。

「牧瀬さんって、年齢のわりに、ちゃんとものを考えているんだね」

その言い方に、湊斗との年齢差を感じる。

――まあ、三十三歳の香月さんと二十五歳の私の年齢差を考えれば仕方ないんだけど……

小さくため息を吐く彩羽に、湊斗が「褒《ほ》めているんだよ」と言って車を発進させた。

それからしばらくして、湊斗は大きな洋館の駐車場に車を停めた。

「着いたよ」

そう言って湊斗がシートベルトを外す。彼の動きに倣《なら》ってシートベルトを外した彩羽は、口をぽっかり開けて、目の前の建物を見る。

「ここですか？」

「そうここ。ここが魔女の館」

湊斗が冗談ぽく言って車を降りたので、彩羽も急いでそれに続く。

そのまま、目の前の洋館を見上げる。

白い三階建ての建物は、外壁を包み込むように蔦《つた》が絡《から》まり歴史を感じさせる重厚な雰囲気を醸《かも》し出していた。しかし、隅々までよく手入れがされており、魔女の館と聞いて受ける、おどろおどろしい感じは一切ない。

「ここ……結婚式場かなにかですか？」

「違うよ。ここのオーナーのもと自宅。今はお店にして、本人は近くのマンションに住んでるらしいけど」

どう考えても小ぶりなホテルか、結婚式場にしか見えない。

予想外の店構えに若干の目眩《めまい》を感じつつ、彩羽は慌てて前を歩く湊斗のサマーニットの裾を引っ張った。

「すみません。こういうお店で売ってるスーツは、すごく高そうな気がするんですけど？」

不安な表情を見せる彩羽に、湊斗が「お金のことは気にしなくていい」と、返す。

「え？」

「君をどうにかしないと、俺が困る。だからこれは、俺の目的のための投資みたいなものだから」

「そんなわけには……」

「勝手に店を決めたのも俺だし、そのくらいはさせて」

焦る彩羽にそう言って、湊斗は躊躇《ためら》うことなく鉄製の門を開けて中に入っていってしまう。置いて行かれないよう、慌てて彩羽もその後を追った。

手入れの行き届いた庭を通って屋敷の玄関に辿《たど》り着くと、湊斗がドアを開けた。

「予約していた香月です」

大理石でできた玄関ホールは広々としている。空調がよく効いているため、ひんやりと涼しい。

玄関ホールは吹き抜けになっていて、中央に大きな螺旋《らせん》階段があった。何気なく視線を上に向けると、高い位置にステンドグラスがはめ込まれている。

――なんか、世界が違いすぎる。

言葉もなく圧倒される彩羽に構わず、湊斗はどんどん先に進んで行く。

玄関ホールの先に、ホテルの受付のようなカウンターが設置されていて、出てきた女性が二人に向かって静かに頭を下げた。

そして彼女は、カウンター脇の呼び出しベルを鳴らす。

すぐに、コツコツと階段を下りる音が聞こえてきた。見上げるとタイトなスカートを穿いた人が螺旋《らせん》階段を下りてくる。

その人を見て、湊斗が「久しぶりだな、五十嵐《いがらし》」と軽く手を上げる。

――綺麗な人。

腰を揺らしながら階段を下りてくるその姿に、彩羽はホウッと息を吐く。

同級生ということは、湊斗と同い年なのだろう。でも階段を下りてくるその人は、彫りの深い顔を華やかな化粧で彩《いろど》り、年齢不詳な美しさがあった。

「待ってたわ」

少し掠《かす》れたハスキーな声が、色っぽい。湊斗に五十嵐と呼ばれた人が玄関ホールに立つと、それだけで空気が艶《あで》やかさを帯びる。

首筋にかかる髪をネイルで彩《いろど》られた指で払った五十嵐は、彩羽に遠慮のない視線を向けてきた。

「この子が、話していた子？」

五十嵐が湊斗に聞く。

「……お、お世話になります」

――女性としての格が違う。

圧倒されて、ぽかんと見つめる。

「まだ子供ね。……なんだか、ガッツリ原石って感じ。貴女、年は？」

「……二十五です」

洗練された大人の風格漂《ただよ》う五十嵐からすれば、自分など子供に見えるのだろう。

内心落ち込みつつ答えると、五十嵐に顎《あご》を持ち上げられ、顔を覗《のぞ》き込まれる。

「いいわね。子供はなにもしなくても肌が綺麗で」

そう言って、五十嵐はそのまま彩羽の手を引いて歩き出した。

「じゃあ、預かるわ」

「よろしく頼むよ」

五十嵐に手を引かれながら焦って振り返ると、湊斗がひらひらと手を振っている。

「えっと……あの……」

「お姉さんが綺麗に磨いてあげるから任せて」

五十嵐は嬉々《きき》とした表情でそう言うと、受付にいた女の子になにかしらのサインを送る。

「時間がかかると思うから、香月はその辺でお茶でも飲んでて」

「仕事を持ってきたから、仕事して待ってるよ」

「そう。相変わらずの社畜精神ね。好きなだけ仕事してなさい」

湊斗を鼻で笑い、五十嵐はどんどん屋敷の奥へと彩羽を連れて行く。振り向くと、湊斗が受付にいた女性に案内され、どこかの部屋へと消えていくのが見えた。

「さあ、変身するわよ。香月から、金額は気にしなくていいから、貴女を思いっきり魅力的な大人の女性に変身させて欲しいって依頼を受けたの」

「あの……今日は、どんなことをする予定なんでしょうか？」

「そうね……まずは肌のコンディションを整えてから、貴女に似合うスーツを選んで、体のラインをより綺麗に見せるためのサイズ調整とフィッティング。メイクとヘアアレンジの指導等々……」

「それって……なんだかすごく時間もお金もかかりそうな気がするんですけど」

「そうね。かかるわね」

「あの、大体お幾らぐらいになります？」

恐る恐る金額を確認する彩羽に、五十嵐が振り向いて片眉を上げる。

「男に出してもらう金額を気にすると、女はブスになるわよ」

——なんだその理屈は……

そう思いつつも「後々、香月さんにお金を返したいので」と、説明する。

湊斗は、これは自分の目的のための投資だから金額は気にしなくていいと言ったけど、そんなわけにはいかない。これが部長として相応《ふさわ》しい装《よそお》いをするためのものだと言うなら、彩羽が自分で支払うべきお金だと思う。

けれど、このお店の雰囲気と、これからする予定のメニューを聞く限り、はたして自分で支払える金額内に収まるのか不安になってくる。

「なんで？　貴女、香月の恋人じゃないの？　恋人なら、そんなこと気にしなくていいんじゃない。どうせアイツ、唸《うな》るほどお金持ってるんだから」

「こっ、恋人⁉　違います。そんな関係じゃありませんっ！　それに自分にかかるお金は、自分で支払うのが当然だし」

「なんだ。恋人じゃないんだ。……じゃあ、貴女は香月のなに？」

少し残念そうな表情を見せる五十嵐にそう問われ、これまでの経緯を簡単に説明した。

異例の辞令によっていきなり部長になったこと、形として湊斗は自分の部下であること。彩羽は新規部署の顔として周囲に軽んじられない装《よそお》いと立ち居振る舞いを覚える必要があることなどを話した。

それを聞いた五十嵐は、「なるほどねぇ」と、納得する。

「じゃあ、仕事の必要経費として会社に請求すれば？」

「さすがに、それは通らないですよ」

「まあ、そうね」

白い歯を見せて、五十嵐が快活に笑う。

「でもウチの商品も指導料も、なかなかの金額よ」

そう言って、五十嵐が教えてくれた基本料金に、彩羽は「ヒィッ」と、小さな悲鳴を上げた。

基本料金でさえ、彩羽が想定していた金額より一桁多い。

「ぶ……分割払いでお願いします」

「何回払いの予定?」

「うっ……」

言葉に詰まる彩羽を、五十嵐が楽しそうに眺める。

首の角度を変えながら、じっと彩羽を観察する様子は、獲物を見つめる猫かなにかのようだ。

「あの、なにか?」

遠慮のない視線に耐えかねて聞くと、五十嵐がニッコリと微笑む。意味深なその微笑みが怖い。

「貴女の努力と協力次第では、料金を割引してあげないでもないんだけど」

「……ど、どんな?」

おっかなびっくりといった感じで尋ねる彩羽の耳元に、腰を屈《かが》めた五十嵐が顔を寄せてくる。

——背……高い……

背が高いとは思っていたけど、こうやって顔を寄せられると改めて彼女が長身であることに驚く。

鼻孔《びこう》をくすぐる甘い香りに、つい照れてしまう。緊張して身を強張《こわば》らせる彩羽に、五十嵐がそっと耳打ちしてきた。

「お化粧のレクチャーを受ける様子を動画に撮って、それをネットで配信する……そんなことで、いいんですか？」

　確認する彩羽に、五十嵐が頷く。

「ええ。お店の宣伝用にね。すっぴんで眉毛の形を直すところから全部撮りたいの。貴女、ちょうどいい感じに野暮《やぼ》ったいから」

「野暮《やぼ》ったい……」

　今まであまり意識していなかったけど、周囲から自分がどう見られていたか不安になった。

「で？　どうする？　やる？」

　確かにすっぴんを世に晒《さら》すのは恥ずかしいが、湊斗にお金を出してもらうよりは自分の心が痛まない。そう判断して、彩羽は握り拳《こぶし》を作る。

「やります。私に出来ることなら、なんでもやらせてくださいっ！」

　力強く宣言する彩羽を見て、五十嵐が「いい覚悟ね」と、ニンマリ笑った。そして、こう付け加える。

「じゃあ、変身した貴女に香月が恋をしたら、ご祝儀としてタダにしてあげる」

「さすがに……それはあり得ませんよ。香月さんと私では、色々違いすぎますから」

　憧れは憧れ。現実とは別物だ。

たまたまこうして一緒に仕事をすることになったけれど、自分と湊斗は別世界の住人だ。

そんな二人が、恋愛などできるわけがない。

「まあ確かに。貴女から見たら、香月はオッサンだもんね。友達としては、アイツにも早くいい人を見つけて欲しいんだけど……」

「いえ……年齢の問題では……」

「いいのよ。香月って仕事バカだから、女心をくすぐるような言動も出来ないだろうし」

五十嵐はため息を吐いてそう言い、彩羽の手を引いて再び歩き出した。

◇◇◇

「もうこんな時間か……」

用意された部屋で調べ物をしたり、数件電話をかけたりしていた湊斗は、ふと自分の腕時計に視線を落とした。

いつの間にか、昼を大分過ぎている。

自分は集中すると空腹を感じないからいいけど、彩羽はお腹を空《す》かせているかもしれない。

――五十嵐も、俺と一緒で集中すると周囲が見えなくなるタイプだからな……

気の毒に。と、今頃五十嵐のスパルタ指導を受けているであろう彩羽に同情した。同時に、五十嵐から手に負えないと言われなかったことに安堵する。

ガッツリ原石……と、五十嵐は彩羽を表現した。

石ころと原石では、その意味は大きく違ってくる。学生時代から美の追究に余念のなかった五十嵐だ、磨く価値のないものを「原石」とは表現しないだろう。

つまり、五十嵐に任せておけば、彩羽の外見については大丈夫ということだ。

「……それにしても。彼女とは微妙に縁があるな」

湊斗は、彩羽と初めて会った時のことを思い出す。


今から四年前。海外から日本に帰国したばかりの湊斗は、社会勉強の一環として新入社員面接に参加した。そこで、面接に来ていた彩羽と短い言葉を交わしたことがある。

味わいのあるアンティーク時計を使っていたことと、人の心に飛び込んでくるような迷いのない目が印象的で、なんとなく記憶に残っていた。

その後、偶然社内で彼女を見かけることがあり、採用されたのだと知った。

その時の彼女が、まさか自分の上司になるなんて人生とはわからないものだ。

彩羽は見た目こそ地味で目立たない印象だけど、話してみると意外に芯が強く、面白い考え方をする子だった。正直に言えば、伯父の嫌がらせや、新島の反発に泣いてしまうような子でなくてよかったと思った。

「二十五歳の女性管理職か……」

湊斗は、自分自身に問いかける。

——その物珍しさを、最大限に活かすにはどうすればいい。

伯父が彼女を部長に任命したのは、彩羽がなんの役にも立たないと思っているからだ。ならばそう思われている今が、機先《きせん》を制するチャンスだろう。

会社や、そこで働く社員のためにも、自分は伯父との賭けに勝たなければならないのだ。

それにしても、伯父がまともな条件を出してくるとは思っていなかったが、まさか本人の力量を無視した人員配置をしてくるなんて。会社をなんだと思っているのかと問い質《ただ》したくなる。

生前祖父は、「公私を分けるべきラインが読めず、全てを私物化してしまう忠継にトキコクは託せない」と漏《も》らしていた。

そして今、祖父の予想どおりの事態になっている。

運悪く自分たちの賭けに巻き込まれた彩羽を気の毒に思うが、こうなってしまった以上、その役目を果たしてもらうしかない。

　そんなことを考えていると、部屋のドアをノックする音が聞こえた。それに続いて「入るわよ」という五十嵐の声が聞こえる。

　ドアが開き、五十嵐に続いて部屋に入ってきた彩羽を見て、湊斗は思わず息を呑んだ。

「どう？　恋も仕事も充実してるキャリアウーマンって感じでしょ？　今日は休日だから、少しカジュアルに仕上げてみたわ」

　五十嵐の言うとおり、綺麗に髪をウェーブさせた彩羽は、目尻を強調するようにアイラインを引き、もともとハッキリしていた目元が切れ長に見え、年齢より大人びた印象になっている。

　そして眉頭に重点を置くメイクをしていることで、目力が強調されていた。

　さらにスタイルも、朝とはまったく違う印象になっている。

　これまで彩羽は、体型のわかりにくい服ばかり着ていた。しかし今、目の前にいる彼女は、女性らしい体のラインがわかるタイトなワンピースを着て、落ち着きを感じさせる美しさを醸《かも》し出している。高いヒールのパンプスを履いた細い脚が綺麗だと思った。

　湊斗の表情を見て、五十嵐が満足げに微笑む。五十嵐の腕前を手放しで称賛するのは癪《しゃく》だが、彩羽のこの変貌ぶりを見ては、その手腕を認めざるを得ない。

「いいね」

湊斗が頷くと、彩羽が照れたように俯《うつむ》く。

そんな彩羽を五十嵐が「もっと堂々としなさい」と叱《しか》る。

たちまち彩羽は、背を伸ばし毅然《きぜん》とした表情で胸を張った。それにより綺麗にメイクをした彼女の顔が、湊斗の視界に飛び込んでくる。

「化粧の力はすごいな。さっきまでとまったくの別人に見える……」

湊斗がしみじみと感想を漏《も》らす。

五十嵐に頼って正解だった。これなら新島も満足するだろう。そんなことを考えていると、五十嵐に心底呆れた視線を向けられる。

「アンタ、本当にバカね」

「……バカ?」

「化粧はそこまで万能じゃないわ。彼女の今の姿は、もともと彼女の中に隠れていた魅力を引き出した結果よ」

「そんなことが出来るのか……?」

「まあ、私のアドバイスと技術力があればこその成果だけどね」

そう言って、五十嵐は自信満々な笑みを浮かべた。

バカと言われたのは面白くないが、こうしてはっきりと成果が出ているので反論は控える。

「なんにせよ、これなら十分、バルゴの広告塔としての役目を果たしてもらえる。助かったよ」

素直に感謝を伝えると、五十嵐に細いヒールで足を踏まれた。

「……っ！」

「本当に、仕事バカで残念な男」

顔をしかめる湊斗を鼻先であしらい、五十嵐が言葉を続ける。

「彼女に合わせて選んだスーツは少しサイズ調整してるから、明日中に化粧品と一緒に彼女の自宅へ届けさせるわ」

「わかった。じゃあ、これで……」

支払いのためにカードを差し出す湊斗を、五十嵐が手で制する。

「支払いは結構よ」

「……？」

「支払いに関しては、すでに彼女と話がついてるの。追って彼女に請求させてもらうわ」

「彼女に？　バカ言うな。俺が払うよ」

富裕層を相手に仕事をしている五十嵐の店は安くない。それを承知でここを選んだ以上、初めから自分が払うつもりだった。

なかば強引にカードを握らせようとすると、五十嵐がその手を上から包み込むように握り、意味深な笑みを浮かべる。

「そういう態度で女を口説《くど》くの、オジサン臭いわよ」

「はっ⁉」

別に彼女を口説《くど》いているつもりはない。

——大体、俺がオジサンなら、同級生のお前はなんなんだ。

そう言ってやろうかと思ったが、それより早く五十嵐が口を開いた。

「なにかを『してあげる』ことで、彼女の上に立ちたいの？　でも今時の女子には、その考えは古いみたいよ。貴方がなにかをしてあげなくても、彼女は自分の足でちゃんと立っているから。彼女を口説《くど》くつもりなら、別のアプローチを考えなさいね」

「バカかっ」

五十嵐はなんでもかんでも、すぐ恋愛話に繋《つな》げたがる。

彩羽と自分は、そういう関係ではない。大体、幾つ年が離れていると思っているのだ。

呆れる湊斗に、五十嵐は指をひらひらさせて「バカはアンタよ。仕事バカ」と、微笑む。

彩羽にチラリと視線を向けると、自分と五十嵐のやり取りに驚いたのか、ポカンとした顔で立ち尽くしている。

この手のやり取りはいつものことなのだが、これ以上続けると彼女を困らせそうだ。

——仕方ない、支払いについては後で五十嵐と話をつけよう。

そう判断した湊斗は、彩羽に「じゃあ行こうか」と、声をかけた。

◇◇◇

五十嵐の店を出たところで、彩羽は湊斗から食事に誘われた。

時刻は遅めの昼食というより、すでに早めの夕食と言った方がいい時間だ。湊斗に案内されたレストランは、ちょうどディナータイムの営業を始めたばかりのようだった。

駐車場に車を停めた湊斗が素早く車を降り、彩羽が降りる前に助手席のドアを開けてくれる。そうして彼は、驚く彩羽の前に手を差し出してきた。

戸惑いつつ差し出された手を掴《つか》むと、車を降りるのを助けてくれる。互いの体が近付いた瞬間、彼の纏《まと》うフレグランスの匂いを強く感じた。

「あ、ありがとうございます」

「なんだか、さっき足元が危なげだったから」

そう言って、湊斗が苦笑する。

「うっ……っ」

今まで履いたことのない高さのパンプスのせいで、五十嵐の店から湊斗の車に乗り込むまで、転ばないよう相当な注意を要した。自分的には、五十嵐に教えられたとおり、気を付けて歩いていたつもりだったのだが、まさかバレバレだったとは……

「会見までには、きちんと歩けるように練習します」

「頼むよ。でもまあ、今日は随分頑張ってくれたようだから、ご褒美《ほうび》と思って食事を楽しんで」

微笑んだ湊斗は、彩羽へ自分の肘を突き出してくる。どうやら、そこに掴《つか》まって歩くようにということらしい。

「すみません」

確かに自分一人で歩くのはちょっと心許《こころもと》ない。せっかくの申し出に甘えさせてもらい、彼の肘に腕を絡《から》めた。

「本当に綺麗になったね」

彩羽をエスコートしながら歩く湊斗が、しみじみとした口調で言う。

驚いたように顔を上げると、湊斗に微笑まれた。

「気を悪くしたらごめん。でも、それが正直な感想」

「いえ、ありがとうございます」

手放しの評価に、頬が熱くなるのを感じる。

「これなら、きっと新島さんも満足してくれるよ」

――……そうだ、香月さんにとって、これは仕事の一環なんだ……。

彩羽は浮かれそうになる自分を慌てて戒《いまし》めた。

そこでふと、行きの車の中で湊斗に言われた言葉を思い出す。

『君は自分を守る装《よそお》いをするべきだ』

よく、周囲の反応を変えるには、まずは自分が変わらなくてはいけない――といった言葉を耳にする。それは、外見にも当てはまるのかもしれないと思った。

装《よそお》いを変え、湊斗からエスコートをされているこの状況に、湊斗の言った「自分を守る」には色々な意味が含まれているのだと実感する。

と同時に、彼との距離感に戸惑ってしまう彩羽だった。

「貸し切りみたいだね」

入店し、注文を済ませてウエイターを見送った湊斗が、がらんとしたフロアを見渡して笑う。

「ですね」

湊斗の真似をして彩羽もフロアを見渡す。ディナータイムが始まったばかりのレストランは、夕食にはまだ少し時間が早いことから彩羽たち以外に客の姿はない。

――意識しないようにとは、思っているんだけど……。

いつになくお洒落《しゃれ》をして、憧れの王子様と貸し切り状態のレストランで食事。

これではまるでデートのようではないか。

そう考えてしまうと変に意識してしまって、なにを話せばいいかわからなくなる。

「五十嵐の指導はどうだった？」

彩羽が緊張して黙り込んでいると、湊斗が口を開いた。

「どうって……」

ちょうどその時、飲み物が運ばれてくる。車の運転がある湊斗は水だが、彩羽は勧められてワインを頼んだ。小さくグラスを掲《かか》げグラスを口に運ぶ。

彩羽はグラスをテーブルに戻しながら、いつもより存在感のある自分の胸へと視線を落とした。

五十嵐曰《いわ》く、胸の膨らみを綺麗に見せるには、ブラジャーも大事だけど、背中の余分な肉や脂肪を胸に移動させることも大事なのだとか。

「背中で遊ばす肉があるなら胸の肥やしにしなさい」という号令のもと、なかなかハードなマッサージをされた結果、本当にカップ数が上がった。そして、背中の厚みもスッキリした気がする。

別に胸の大きさにこだわったことはないけど、こうやって見下ろすと、その違いは顕《けん》著《ちょ》だ。

だけどそんなことを、湊斗に報告出来るわけがない。

「なかなかハードなご指導でした」

その一言で、五十嵐から受けた指導の諸々《もろもろ》を要約する。

だが、同級生ということもあってか、湊斗にはそれだけで通じるところがあるらしく
「お疲れさま」と、苦笑された。

その笑い方がなんとも親しげで、二人が気心の知れた仲であることが想像出来る。

「五十嵐さんとは、昔から仲がいいんですか？」

つい、二人の関係が気になってしまう。

「そうだね。お互い負けず嫌いで、学生時代は良きライバルって感じだったな」

そう答える湊斗は、昔を思い出しているのか懐《なつ》かしそうに目を細める。その表情に、
彩羽は胸がもやもやしてしまう。

「五十嵐さん、綺麗な上に頭もいいんですね」

湊斗の良きライバルということは、そういうことだろう。

そんな人とずっと一緒にいて、恋愛感情を抱《いだ》いたりはしなかったのだろうか？

ふと頭に浮かんだ疑問を、彩羽は慌てて否定する。

それを知ったところで自分と湊斗との間になにか変化が生《しょう》じるわけではない。それに、
あまりプライベートに踏み込みすぎるのもよくないだろう。そう思って、話題を変える。

「あの、教えてください。外見や立ち居振る舞いを変える他に、私はなにを頑張ればい

いですか？」

自分と湊斗の関係は、あくまでも新規部署でプロジェクトを成功させるためのもの。そう言い聞かせ、彩羽は自分のなすべきことを確認する。

「そうだな、会見までにバルゴに関する情報を頭に入れておいて欲しいけど、社外秘の部分が多いからな。とりあえずは、今日の結果で満足だよ」

ありがとうと、首を傾けて湊斗が微笑んだ。

その柔らかい表情に、再び彩羽の心臓が音を立てる。と同時に、なにか釈然《しゃくぜん》としない思いが湧き上がってきた。

湊斗に「綺麗になった」と褒《ほ》められたことは嬉しい。だけど、もしかしたら彼は、それ以上のことを彩羽に期待していないのではないか、と感じたのだ。

――香月さんにとって、やっぱり私はお飾りの部長でしかないのかな……

その時テーブルに料理が運ばれてきて、思考が中断された。そのまま二人で食事を始める。

「……バルゴ、社長はちゃんと用意してくれるでしょうか？」

しばらくして、彩羽はそう口を開いた。

自分に出来ることは他にないだろうかと考えているうちに、一番知っておくべきもののことが心配になったのだ。

するとと湊斗が、何故か強気な表情で「大丈夫だよ」と言った。

「バルゴについては、明日の内に手を打っておくから心配しなくていい」

――ほら……。

こちらの協力を必要としていない湊斗の態度に、彩羽は小さくため息を吐いた。

結局、面倒なことは全て一人で抱え込もうとする湊斗に、再び苛立ちが募《つの》る。

それを可能にする高い能力を持っている彼をすごいとは思うが、周りを拒絶するような孤独な戦い方を彩羽は好きになれない。

自分が湊斗のために出来ることは、本当になにもないのだろうか。

「どうするつもりですか？」

思わず彩羽は、湊斗の言葉に食い下がっていた。

「ちょっとした伝手《つて》があるから、社長より先にバルゴを手に入れに行ってくる」

「え？　そんなこと、出来るんですか⁉」

社長秘書の圭太の話では、バルゴはまだ生産ラインに載せたばかりで、社長の手元にもないということだったのに。

驚く彩羽に、湊斗が苦笑した。

「まあ、裏技だけどね。伯父の妨害に備えて、色々と手は考えてるよ」

「あの……明日、私も同行していいですか？」

「君が？　どうして？」

彩羽の申し出に、湊斗が驚く。

「迷惑でしょうか？」

「迷惑というか……俺が行けば事足りることだ。わざわざ、君まで行く必要はないだろう」

「部長として、バルゴのことを少しでも早く知りたいんです。なにも知らない部長では、いつまでたってもお飾りのままです。出来る努力はさせてください。そうでないと、居心地が悪すぎます」

彩羽は湊斗の目を真っ直ぐ見つめて訴えた。

そんな彩羽の視線を無言で受けとめていた湊斗は、しばらくして観念したように頷く。

「わかった。行っても面白くないと思うけど、それでもいいなら一緒に来るといいよ」

その答えに、彩羽はホッと息を吐いた。

「はい。ありがとうございます」

小さな一歩ではあるが、彩羽も湊斗やみんなから頼られる存在になりたいと思った。

◇　◇　◇

翌日の日曜日。

待ち合わせの場所に行った彩羽は、車の前に佇《たたず》む湊斗からじっと見つめられる。

「へ、変でしょうか？」

「これは、自前？」

湊斗が小さく首をかしげて聞いてくる。

「はい。五十嵐さんのお店で買った服は、家を出る時に届いたので……」

一応、昨日の五十嵐のアドバイスを思い出し、自分なりに服やメイクなどトータルコーディネートしてきたつもりだけれど、湊斗の目にはどう映っているのだろう。

今日の目的地をはっきり知らされていなかったので、ビジネスの場でもおかしくない大人っぽく見える服装を意識した。同時に、休日なのであまり堅苦しく見えないよう、シンプルで動きやすい服に、五十嵐のアドバイスを参考に小物でアクセントも付けた。

――自分なりに、精一杯努力したつもりなのだけど……

不安に思いつつ湊斗の判定を待っていると、無表情のままぽつりと呟《つぶや》かれる。

「無難？」

「そうですか……」

「じゃあ行こうか」

言うなり、湊斗はさっさと運転席に乗り込んでしまう。

わかってはいたことだけど、外見は一朝一夕《いっちょういっせき》でどうにかなるものではないようだ。

——このくらいで、めげてなんていられない。もっと勉強しないと……！

少しでも早く、みんなの役に立てる存在になりたいと思うならば、出来ることから一つ一つ自分で変わっていくしかない。改めてそう決意して、彩羽は助手席に乗り込んだ。

車が動き出してから行き先を聞くと、「山梨《やまなし》」と言われた。

そこまでの遠出と思っていなかった彩羽は驚く。

「え、山梨ですか⁉」

「そこにウチの子会社があるんだ」

「知りませんでした。知識が足りなくてすみません……」

「まあ、トキコクの社員だからって、系列の子会社を全部把握してる人間は少ないと思うよ」

湊斗は気にする必要はないと言うが、彩羽としてはやっぱり恥ずかしい。

「ちなみに、なんていう会社なんですか？」

「井伏《いぶせ》加工っていう、精密加工の会社だよ。そこはウチの技術者の中でも、特に優秀な人材を抱えている会社なんだ」

「でも、井伏加工とバルゴに、なんの関係があるんですか？」

確かバルゴを作っているのは、山梨ではなかったはずだ。自分の知る少ないバルゴ情報の中から、知識を引っ張り出す。

「それは、行けばわかるよ。……ところで君は、腕時計にとってなにが大事だと思う？」

運転席の湊斗が、突然、彩羽に質問してきた。

「え……時刻をちゃんと教えてくれることでしょうか？」

彩羽の答えに、湊斗が小さく笑う。最初の頃とは違う自然な笑い方だ。

「確かに、それが大前提だ。その他には、なにが必要？」

「価格や機能性……、あとデザイン？」

疑問形で返す彩羽に、湊斗が頷く。

「その中で、牧瀬さんは部長として、なにに重きを置く？」

湊斗の質問に一つ返すと、また一つ新しい質問が投げかけられる。

クイズみたいなやり取りだけど、湊斗が彩羽にこうして仕事の話題を投げかけてきたのは、これが初めてかもしれない。

それが嬉しくて、彩羽は質問の一つ一つにきちんと自分なりの答えを返していく。

「そうですね……正確でいいデザインの時計を、安く販売する。それが一番じゃないでしょうか？」

「今はどこの会社も価格競争が加速しているからね。デジタル化が進んで、ただ時刻を知るだけの時計なら百円前後で手に入る。でも、スマホや携帯があれば簡単に時刻がわかる時代に、わざわざ安い時計を買う必要はあるのかな？」

「確かに……！」

納得する彩羽に、湊斗が言葉を続ける。

「安い時計を作るためには、コストを削る必要がある。物作りの現場でなにより高いのは、人件費なんだよ」

「はい」

「コストを削れば、ウチで働く人の利益が減る。それはなるべく避けるべきだ。だったら、企業として余力があるうちに、新しく利益を上げる道を考えるのも一つの手だと思う」

「それが今回のプロジェクトなんですね？　女性向けの高品質な時計」

彩羽の言葉に湊斗が大きく頷く。そしてすぐに眉を寄せる。

「そう。でも伯父さんは、ずっとその考えに反対していた」

「……」

「女性は、品質よりファッション性に重きを置く傾向があるし、今さら女性モデルを手掛けたところで同業他社に出遅れている。だったら無謀な冒険をするよりも、今までどおり男性モデルを主軸に、価格競争に重点を置いて戦うべきだと主張した。トキコクというネームバリューを利用し、ある程度品質を下げてリーズナブルな時計を作った方が、利益率が高いと主張した」

　そこで一度言葉を切った湊斗が、苦い笑みを浮かべて話を続ける。

「品質を落として価格競争に参加したら、企業としての余力のあるうちはいいが、行く先はジリ貧になっていく。あの人は、今だけを見てる。百年先の会社の未来を見ようとしない」

　吐き捨てるように言った湊斗が、重いため息を吐いた。

　会社の行く末や、そこで働く人の暮らしを守りたいからこそ、湊斗は忠継社長と対立の姿勢を取っているのだろう。

　経営についてなにも知らない彩羽ではあるが、そんなふうに考えている湊斗にトキコクを担《にな》って欲しいと思う。

　そのためにも、絶対にこのプロジェクトを成功させなくてはいけないのだ。

　湊斗の運転する車は高速を下り、スムーズに進んでいく。

「すごく今さらなんですけど、日曜日に会社に行って誰かいるんですか？」

　彩羽は、ふと思いついてしまった疑問をおずおずと口にする。

「ああ。井伏加工は、定期的に外部の人間を交えて休日に技術向上のための勉強会をしているんだ。だから、休日に行ってもたいてい開いてる」

「そう、なんですね……」

「なにか気になることでも？」

「いえ、あの……外部の人を交えての勉強会なんですか？」

彩羽がそう問い返す。

「そうだよ」

「その、大丈夫なんですか？　他社の人とかが来て、技術などを盗まれたりしたら……」

「産業スパイが心配？」

ストレートな言葉を投げかけてくる湊斗に、彩羽が遠慮がちに頷く。

「はい」

井伏加工はトキコクの技術者の中でも特に優秀な人が集まっていると聞いたばかりだ。心配になった彩羽に、湊斗は「大丈夫だよ」と笑った。

「井伏加工に任せているのは、精密部品の切り出しと加工。熟練した職人技がものを言う仕事だから、盗もうと思ったって盗めるものじゃない」

信号待ちのタイミングで車を停めた湊斗は、自分の左手首にあった腕時計を外し、それを彩羽に差し出す。

彩羽は、手のひらを広げて湊斗に差し出された時計を受け取った。

湊斗の時計は、いわゆるスケルトンタイプのもので、切り取られた文字盤の下から、時計の内部構造が見える。

精密な歯車が正しく噛み合う様《さま》に、思わず感嘆のため息が漏《も》れた。

「一般的な腕時計は、大体百三十くらいの部品を使っているけど、精巧なものになると、数え切れないほどの部品が必要になる。それだけの数の部品を小さな腕時計に収めるには、かなりの技術力が必要なんだ」

こんな片手に収まるほど小さな時計の中に、それほど多くの部品が収められている事実に、彩羽は時計を覗《のぞ》き込みながら驚きの声を上げる。

「もちろん、井伏加工のように、緻密《ちみつ》な部品を作れる会社の助けも必要だけど、その緻《ち》密《みつ》な部品を無駄なく活かせる技術力があってこそ、高品質な時計を作ることが出来るんだ」

「そうですね……」

「ちなみにバルゴは、これ以上に精巧な造りをしてるよ」

誇らしげにそう宣言して、湊斗は車を加速させた。

◇　◇　◇

目的地である井伏加工の駐車場に立つと、盆地特有の蒸し暑い空気についい眉を寄せてしまう。

「東京《とうきょう》より蒸し暑いですね」

「確かに」

同意する湊斗は後部座席に置いていた鞄《かばん》を取り出すと、建物の方へ歩き出す。

急いでその後を追う彩羽だけれど、砂利敷きの駐車場は踵《かかと》の高いパンプスではかなり歩きにくい。

「……わッ」

「危ない」

慎重に歩いていたつもりが、砂利に足を取られて体勢をぐらつかせてしまう。その気配に気付いた湊斗がすかさず腕を伸ばし、彩羽を支えてくれた。

「す、すみません」

羽織っているシャツ越しに、湊斗の腕のたくましさを感じる。

その感触に緊張しつつお礼を言うと、「まだ慣れないようだね」と、湊斗が笑う。

「すみません。パンプスでの上手な歩き方も、五十嵐さんに教わったんですけど……」

実践するのは、なかなか難しい。

「まあ、なかなか五十嵐のようにはいかないだろ」

落ち込む彩羽に、湊斗が苦笑する。湊斗としては慰《なぐさ》めてくれたのかもしれないが、五十嵐と自分では格が違うと言われたようでさらに落ち込む。

「ありがとうございます。もう大丈夫です」

そう言って、一人で歩こうとするが、すぐに足元がふらつき、また湊斗に支えられてしまった。

「転びたくなかったら、砂利を抜けるまでおとなしく掴《つか》まってて」

「……はい」

二度も転びかけた彩羽に断る余地はない。

これではエスコートというより、介助ではないか。

至らない自分を情けなく思いながら、彩羽は湊斗と並んで井伏加工の建物へと向かった。

湊斗は慣れた様子で三階建ての建物を横切り、併設された工場とおぼしき平屋へと彩羽を案内していく。入り口で二人分のスリッパを出すと、彩羽に履き替えるように促《うなが》した。

そのまま廊下を進む湊斗は、足早に廊下を歩き出すが、彩羽が遅れていることに気付くと一度立ち止まり、彩羽が追いつくのを待ってその歩調に合わせてくれる。

そんなさりげない気遣いをくすぐったく感じつつ、二人で廊下を進んでいく。しばらく行くと、あるドアの前で湊斗が足を止めた。

中に入ると、一つの機械を囲むようにして十人程度が集まっているのが見えた。

二人が入ってきた気配に一度は顔を上げたが、ほとんどの人がすぐに視線を機械へと戻してしまう。しかし、その中の一人が、彩羽たちの方へと歩いてきた。

一房ごとにクルクルと渦巻くように撥《は》ねた癖毛が特徴的な彼は、近くで見ると痩《や》せていて背が高い。そんな彼が湊斗に親しみのこもった笑みを向ける。

「待ってましたよ。香月さん」

「彼、井伏拓海《たくみ》。ここの息子さん」

湊斗から紹介された拓海が彩羽に軽く会釈《えしゃく》する。そしてすぐに湊斗に視線を移し「誰？」と、視線で問いかける。

「俺の新しい上司」

自称を「私」に直さないところをみると、仕事の付き合いとはいえ親しい間柄なのかもしれない。

――この人とバルゴに、どんな関係があるのかな？

そんなことを思いながら彩羽が自己紹介をすると、拓海に「なんだ」とつまらなそうに息を吐かれた。

「香月さんが彼女を連れてきたのかと思ったのに」

湊斗が「違うよ」と素っ気なく返し、話題を変える。

「彼女にも、お前の仕事場を見せてあげて欲しいんだけど……」

二人の打ち解けた口調からすると、拓海と湊斗は同じくらいの年齢なのかもしれない。

「いいよ」

軽い口調で湊斗の希望を承諾する拓海は、機械に集まる人たちの方へ「親父《おやじ》」と声をかける。顔を上げた男性に手の動きで外に出ると合図した。拓海の父親と思《おぼ》しき人が頷くのを確認して、拓海は二人を連れて外に出た。

「あれ？　外に出るんですか？」

仕事場と言っていたから、てっきり井伏加工の中にあると思っていたのに。

すると拓海が、彩羽に「俺、ここの社員じゃないから」と説明する。

「そうなんですか？」

「うん。会社の工作機械を使う代わりに、たまに手伝わされてるだけ」

そう話す拓海は、工場のすぐ隣にある住宅へと入っていく。門の表札に「井伏」とあったので、どうやら彼の自宅らしい。

拓海は「ただいま」と言うと、そのまま家に上がり、すぐ手前の部屋へと入っていく。

湊斗と彩羽もそれに従う。

拓海に案内された部屋に入ると、彩羽は思わず驚きの声を上げた。

「え⁉」

「どう？　俺の仕事部屋、かっこいいでしょ？」

驚く彩羽に、拓海が得意げに目を細める。

足を踏み入れた部屋の中央に置かれた大きなテーブルには図面が広げられ、その上にノートパソコンや旋盤《せんばん》の他に、工具や幾つものプラスチックケースが乱雑に置かれている。近寄ってみると、プラスチックケースの中にはそれぞれ小さな部品が入っていた。

壁の一面を占める大きな本棚には、雑誌や本がぎっしりと並び、部屋の片隅には、個人宅に置くには相応《ふさわ》しくない大きさのプリンターや投影機が置かれている。

「ここは……？」

「俺のアトリエ。で、香月さんがここに来たのは、これを借りたいからだよね」

そう呟《つぶや》き、拓海が鍵のかかっていた金庫からなにかを取り出し彩羽に差し出す。

「これが、バルゴ・オービットだ」

彩羽の隣に立つ湊斗が教えてくれた。

拓海が彩羽に見せたのは、女性物の腕時計だ。

文字盤を大きく削ることで内部構造がよく見える。それでいて周囲の装飾はかなりこだわっており女性らしい繊細《せんさい》な美しさを持っている時計だ。

彩羽が見た資料の写真はぼやけていて、ハッキリとした形を知っているわけではなかったけれど、これがバルゴ・オービットだと言われれば、なるほどと納得がいく美しさだった。

湊斗や友岡が、その品質に確たる自信を持っていた理由がわかる。でも――

「どうしてこれがここにあるんですか？　秘書の常葉さんだって、まだ手元にはないって言っていたのに……」

驚き戸惑う彩羽に、拓海がにこやかに答える。

「これをデザインしたのが俺だから」

「……えっ？」

言われたことがすぐに理解できず目を丸くする彩羽に、湊斗が言う。

「拓海は、フリーの時計デザイナーなんだ」

「……フリーの時計デザイナー？」

時計メーカーに勤めておいてなんだが、その言葉を聞いて初めて、時計を作るにはゼロからその時計の形を描くデザイナーが必要なのだと思い至った。

「海外で勉強して、そのまま海外の工房で仕事をしていたんだけど、四年前に香月さんに呼び戻されたんだ」

「四年前……」

彩羽が湊斗に出会った頃だ。その頃から彼らは今回の準備をしていたのだ。そう思うと、このプロジェクトに対する責任の重さを感じてしまう。

「この時計を見て、君はどう思う？」

そう拓海に問われて、彩羽は腕時計と拓海を交互に見比べる。

「すごく綺麗だと思います。女性物で、こんなに精巧な内部構造を見せてくれる腕時計は、初めて見ました。女性物でもスケルトンはありますけど、こんなふうに見入ってしまうくらい綺麗な時計は見たことがありません」

彩羽が知っているスケルトンの時計は、可愛い分どこか稚拙《ちせつ》な感じがした。けれど、今、手にしている時計は、そうした稚拙《ちせつ》さが一切なく、他とは明らかに一線を画したデザインに思える。

小さなボディの中に精巧な部品がぎゅっと収まり、上品でいて挑むような存在感を放っていた。

思ったことを素直に言葉にする彩羽に、拓海が小さく目を見開き驚きの表情を見せる。

「この子、いい子だね」

拓海が嬉しそうに湊斗を見る。

「着眼点は間違ってないいな」

そう言って湊斗も頷く。

「え？」

「正解は、デザインがなかったのではなく、技術的に難しかったんだ。女性物は、男性物に比べて小さい分、内部構造も縮小しなきゃいけないから」

「あ、なるほど」

男性物でも、膨大な数の極小部品を緻密《ちみつ》に組み合わせる必要があるのに、それと同じことを女性物で実現しようと思えば、それ以上に小さな部品を組み合わせる必要がある。

「この時計を見れば、トキコクの技術力がわかる」

湊斗の呟《つぶや》きにハッと顔を上げると、強気な目をした彼と目が合った。

「伯父の言うとおり、女性物の高品質な腕時計は利益率が低い。でも、バルゴ・オービットを世に出すことにより、トキコクはこのレベルの精巧な腕時計を作れる企業なのだと証明することが出来る。そこにさらなる付加価値を付けることで、新しい市場への扉が開くはずなんだ」

湊斗は、そう力強く宣言する。そんな湊斗の意見に拓海も深く頷いた。

「そもそも、日本の時計は安すぎるんだよ。まあ、その安さのおかげで世界シェア率も高いけど、品質を考えたらやっぱり単価が安すぎる」

拓海の言葉に、湊斗が頷く。

「全ての商品を高額に……とは思わないけど、綺麗で精巧な時計を作るには、それ相応の努力と時間が費やされているんだ」

「海外メーカーじゃ、数千万する時計を出しているとこだって普通にある。精巧で芸術的な仕事には、それ相応の対価をもらってもいいはずだよ」

そう言って拓海が自信を感じさせる顔で笑った。それに頷きながら、湊斗が言う。

「俺は、創作者側の技術力を正当に評価してもらえる市場を確保していきたい」

そう宣言する湊斗と、手の中の時計を見比べる。

バルゴは全体的に繊細《せんさい》な造りの時計だった。名前の由来である星座を象徴するように、十二時を示す位置に透明感のある宝石がはめ込まれている。スケルトンタイプの文字盤の奥では、黒い基盤の上で金と銀の歯車や発条《ぜんまい》が呼吸するみたいに動いている。

まるで小さな宇宙が、この時計の中に閉じ込められているようだ。

「魔法使いの道具みたい」

彩羽の感想に、拓海が目元を和《やわ》らげた。

「俺に魔法は使えないけど、バルゴは正確に時間を刻んでくれるよ」

「……だからこそ、見ていてホッとするんでしょうね。正確で綺麗なものに惹かれるのは、人間の性《さが》だと思うから」

バルゴを覗《のぞ》き込んだまま話す彩羽に、拓海が興味を示す。

「どういうこと？」

「私、精巧な時計の中には宇宙が詰まっている気がするんです。だからこそ、こんなふうに時計の内部を見てるとワクワクするんだろうなって」

「確かに。数学者や宇宙物理学者の中には時計の愛好家が少なからずいるからね。規則正しく動く時計には、そういった世界の住人と通ずるものがあるんだろう」

「けど、宇宙や数学にちっとも詳しくない私でも、精巧な時計に魅力を感じるのは、きっと時計のこの規則正しさにホッとするからなんじゃないのかって思ったんです」

「……ホッとする?」

「人間って、無い物ねだりな生き物じゃないですか。毎日、自分の感情に振り回されて、誘惑にも流されやすい。だからこそ、自分の手に、決してぶれることなく規則正しく動くものがあると安心できるんじゃないですか?」

人は誰でも、完全じゃない自分とどうにかこうにか折り合いをつけて生きている。だからこそ、なにがあっても揺るがない規則正しいものとして、精巧な時計を求めるのではないだろうか。

「なるほど。面白いことを考えるね」

「不完全だからこそ、完全を求める。前向きで貪欲な人間らしい感情ですよね」

拓海とそんなことを話しながらふと湊斗を見ると、不思議そうな顔をした彼と目が合った。

そんな湊斗に首をかしげると、「それでいいのか?」と、質問された。

「それって?」

「不完全で自分自身の感情をコントロールできない……それって、人間として正しい姿なのかなって」

「え、違いますか？　だって不完全で無い物ねだりだから、人はなにかを求めて努力したりするんでしょう？　その結果、バルゴみたいな素敵な時計ができたり、売れたりするなら、素敵なことじゃないですか？」

「そうだよな。不完全で知らないことばっかりだから探究心が生まれて、技術が育つ。もっといい時計を作りたい。もっと綺麗な時計を作りたい。そうやって俺たちが探究心を捨てずに腕を磨けば、それに応《こた》えるように高品質な時計を求めてくれる人が現れる。それって最高の循環じゃないか」

彩羽の意見に拓海が賛同すると、湊斗の眉がぐっとひそめられる。

「なんだ？　なんか不満なのか？」

拓海が腰を曲げて下から湊斗の顔を見上げる。すると彼は、ため息を吐き首を横に振った。

「いや。なんでもない……。ただ俺にはない感性に驚いただけだ」

「ふーん？　まあ、香月さん完璧主義だからねぇ」

拓海が面白そうに笑って、湊斗をからかう。

「悪いか？　その方が、経営者としては信頼出来るだろ」

湊斗がむっと顔をしかめた。

二人の会話を聞きながら、彩羽はこっそりと考える。

――不完全な自分を受け入れられないこと自体、不完全だと思うのだけど……

その矛盾が面白くてつい笑ってしまう。それに気付いた湊斗がもの言いたげな視線を彩羽に向けた。

「あ、すみません……」

慌てて謝る彩羽の言葉を遮《さえぎ》るように、拓海が手を上げる。

「なあ、俺この子気に入っちゃった。近くにいい店あるから一緒に飯に行かない？　……遅くなると混むし、今から行こう」

有無《うむ》を言わさずそう宣言した拓海は、もの言いたげな湊斗の肩を掴《つか》んで歩き出した。

「部長さんも、早く！」

拓海に急《せ》かされて、彩羽は急いで二人の後を追いかけ部屋を出たのだった。

3　マジックアワー

週が明け、別人のようになった彩羽を見て、一番喜んだのは桐子だった。

彩羽の姿を見るなり、「これです。これよっ！」と、嬉々《きき》とした声を上げ、彩羽のデスクに駆け寄ってくる。桐子に一足遅れて出社してきた水沢は、彩羽の姿を見て硬直し、しばらく考え込んだ後で「ああ部長でしたか。変わりましたね」と一人納得し、自分のデスクに腰を下ろした。

最後に出社してきた友岡も彩羽の姿に驚いたようだが、笑顔で褒《ほ》めてくれる。

「女性は、服装と髪型で随分と印象が変わりますね」

と同時に、異常にテンションの上がっている桐子に「これで自信を持って、部長をメディアに売り込めますね」と奮起した様子で言われた。

「じゃあ、全員揃ったところで、来週の部長就任会見に向けて、各自の役割を確認しておきたいと思う」

湊斗がそう声をかけると、全員が一つのデスクに集まる。

桐子は、自分の持てる全てのネットワークを駆使して彩羽を売り込むと張り切り、知識と経験が豊富な友岡は、事前に作っていた想定問答集をより具体的に作り直すこととなった。

それをもとに、彩羽は会見時の質疑応答をシミュレーションしていくことになった。

水沢は引き続き独自の販売ルートを模索すると共に、勤務時間に制限のある友岡をサポートすることなどが決められた。

「あ、すみません……ちょっといいですか?」

みんなに向かって、彩羽が手を挙げる。

「どうしました、部長？」

友岡の言葉に、彩羽は手元のタブレットを操作してあるサイトを開き、みんなに画面が見えるようテーブルの中心に置いた。

「こういうネットのセレクトショップにバルゴを売り込むのはどうでしょうか？」

「ああ……ここか」

サイトを確認した湊斗が呟《つぶや》く。

「知ってましたか？」

「うん。面白い品を揃えているショッピングサイトだから、たまに使ってる」

「私もここ、知ってるわ。結構いいのよね」

そう言って、桐子も画面を覗《のぞ》き込む。

「私は知らなかったんですけど、結構、有名なサイトなんですね」

少しは役に立てるかと探してみたものの、そう簡単にはいかないか。しゅんと肩を落とす彩羽に、湊斗が首を横に振る。

「知る人ぞ知るって感じのサイトじゃないかな？　どの商品も厳選されたこだわりの品である分、値段が安くないから」

そのサイトは、実店舗を構えずネット販売のみ行《おこな》っているセレクトショップで、食品や日用品にはじまり、衣服や食器、装飾品まで、多彩な商品を扱っている。そのどれもが、職人の手によるこだわりの逸品で、その分、価格も高価だった。

彩羽が「時計」の項目をタップすると、画面にいくつもの腕時計の写真が表示される。数万円のお手頃価格の商品から、その十倍以上の高級時計まで品揃えは豊富だ。デザインも、上品でオリジナリティに溢《あふ》れたものが多い。

さらに、このサイトには値引きの文字が一切ないのだ。ネット販売によくある価格競争を主軸としたショッピングサイトとは一線を画していて、明らかにターゲットにしている客層が違うのだとわかる。

「ここのサイトでは、トキコクの商品を扱っていないようなんです。バルゴを売り込むにはちょうどいいと思うんですけど、どう思いますか？」

チラリとみんなに視線を向けると、いち早く湊斗が「悪くないね」と、頷いた。

湊斗の反応に、他のみんなもそれぞれ同意してくれる。

「では、こちらのサイトに関しては私の方で当たってみます。水沢君は、引き続き販売ルートを探してください」

「わかりました」

友岡の言葉に水沢が頷きつつ、湊斗に顔を向けた。

「そういえば、香月さんは？」

「俺は、部長のサポートをしつつ、バルゴの商品紹介パンフレットの制作準備をしようと思っている」

「パンフレット？」

首をかしげる彩羽に、湊斗は別の商品のパンフレットを見せながら説明してくれる。

「ああ。こういった新商品を公《おおやけ》にお披露目《ひろめ》する際には、パンフレットを準備するのが普通だ。けれど、今回は、事前情報が規制されていることと商品がまだ手元にないことから、パンフレット制作に着手出来ずにいる。今後必ず必要になるものだから、バルゴのお披露目《ひろめ》が済み次第、すぐに着手したいと思ってね」

今回の会見は、異例の若さで部長に就任した彩羽を世間にお披露目《ひろめ》することがメインである。バルゴは、そのついでで紹介するだけだからパンフレットまで用意する必要はない、と言うのが忠継の主張だ。

「確かに、バルゴの実物を受け取り次第、パンフレット制作に入るべきですね」

水沢が湊斗の意見に頷く。

試作品のバルゴは拓海から借りて手元にあるが、本物のバルゴとは微妙に違う箇所があるため、パンフレットに使用することは出来ない。

「でも……就任会見の日、本当に実物を渡してもらえるんですか？」

これまでの社長の妨害の数々を思い出して、桐子が心配そうに眉を寄せる。

そんな桐子に、湊斗が力強く微笑んだ。

「その件に関しては、すでに手を打ってある。バルゴのデザイナーから試作品を預かっているので、もし万が一、当日実物が届かなかった場合はそれを使うつもりだ」

桐子が納得すると、友岡が「それでは、ひとまず会見に向けて頑張りましょう」と、その場を締めくくった。

◇◇◇

「すごいところで会見するんですね」

翌週水曜日の正午。会見が行《おこな》われるホテルに来た彩羽は、会見場のすぐ隣に用意された控室で驚きの声を漏《も》らす。

会見をホテルで行《おこな》うのは知っていたが、今さらながらにその規模の大きさに怯《ひる》んでしまう。

今現在、桐子は知り合いの記者に挨拶《あいさつ》しに行き、友岡は休みを取っているため、控室にいるのは彩羽の他に、湊斗と水沢の二人だ。

今日までの間、彩羽は実に慌ただしい日々を送ってきた。

毎日終業後、五十嵐のもとに通って、メイクや所作のレクチャーを受ける。そして、その内容をつぶさに録画され、ネットで配信されていた。恥ずかしいけど、背に腹は替えられない。

救いといえば、そのネット配信がそこそこ好評らしく、ヒットとは言えないまでも順調にアクセス数を伸ばしていることだ。

仕事では桐子の働きかけのおかげで、就任会見前からいくつかのメディアの取材を受けた。今日も会見の後、雑誌の取材が入っている。

ただの地味OLだった彩羽が何故こんなことを、と思わなくもないが、今は心を無にして求められる広告塔の役割を精一杯果たすのみだ。

「悪意を感じるほど立派な会場ですけど、大丈夫ですか？」

水沢が、緊張で表情を強張《こわば》らせている彩羽を気遣ってくる。

「期待されている……って、思うことにします」

最初の頃の彩羽なら、この広い会場に及び腰になり、弱音を吐いていただろう。でも辞令を受けてから今日までの怒濤《どとう》の日々の中、彩羽はたくさんの人に助けてもらった。

以前湊斗が、バルゴの開発に携《たずさ》わった人たちのために、このプロジェクトを頓挫《とんざ》させるわけにはいかないと言っていた気持ちが、今の彩羽にはよくわかる。

湊斗はもとより、桐子、水沢、友岡と新規開発販売促進部の面々だけでなく、五十嵐や拓海といった外部の人たち。

彩羽がここで尻込みして失敗すれば、そういった人たちの助けも無駄になってしまう。

自分を鼓舞《こぶ》するように「頑張ります」と、はっきり宣言する彩羽に、水沢が小さく笑った。

「部長は、もう十分頑張ってますよ。見た目はもちろんですけど、バルゴについてもしっかり勉強してるじゃないですか。この間の雑誌の取材の対応を、新島さんが褒《ほ》めてました。ね？」

同意を求めるように、水沢が湊斗を見た。水沢の視線を受け、湊斗も頷きを返す。

「頑張ってると思うよ。……正直に言うと、ここまでの成長は期待してなかった」

湊斗の言葉に胸が熱くなる。最初はお飾りの部長でしかなかった自分が、湊斗にそう言ってもらえたことが嬉しい。

「頑張りますっ！」

改めて彩羽が宣言する。

「後は、社長がどう出るかだな。……向こうの動向は読めないから」

彩羽の言葉に微笑んだ湊斗は、すぐに表情を厳しいものに変えた。

その言葉に水沢も頷き、窓の外に視線を向ける。

「天気も悪くて、人の集まりが不安ですね」

彩羽が窓の外に視線を向けると、水滴が窓を流れていく。

今日は朝から黒く重い雲が垂れ込めていたが、十時を過ぎる頃には大粒の雨が降り出して、気が付けば嵐のような雨風が吹き荒れている。

今のところ公共交通機関に遅れなどは出ていないようだ。けれど、会場が必要以上に広いため、この雨に影響されて集まる記者の数が少なくなることを心配していた。

「新島さんの話だと夕方までには止むみたいですけど、それじゃ遅いですからね」

彩羽が先ほどまでの桐子を思い出しながら言う。

彼女は、公共交通機関の遅延を心配し、何度もネットを確認しては、鬼気《きき》迫る表情で空を睨《にら》んでいた。そんな彼女の姿を思い出したのか、水沢が「新島さん面白いですね」と、笑う。

「面白い？」

初対面が初対面だっただけに、なんとなくキツいという印象が先に立つ。だけど水沢は、朗《ほが》らかな口調で言葉を続けた。

「生きることにガツガツしてて、尊敬します」

「それは……」

——女性への評価としてどうなのだろうか……

だけど、水沢からはまったく悪意を感じない。きっと本人としては、本気で褒《ほ》めているつもりなのだろう。

チラリと視線を動かすと、湊斗も微妙な表情をしている。

「友岡さんも、穏やかそうに見えてガツガツしてるとこ尊敬します。奥さんの看病と仕事を両立させて、すごいですよね」

「そうですね……」

と、言っていいのだろうか。

——水沢さん、頭はいいのに日本語が変かも。

それは以前から感じていたことだ。

「それに友岡さん、奥さんとの出会いがトキコクだったそうです。だから、トキコクへの思い入れが強くて、バルゴのプロジェクトにも情熱を捧《ささ》げてきたみたいです。そういうとこ、ガツガツしてていいですよね」

「ガツガツ……というか、友岡さん、本当に愛妻家なんですね」

さりげなく言葉を修正する。

「ああ……愛妻家……なるほど」

水沢は、よりしっくりくる言葉を見つけて一人納得しながら口を開いた。

「すごいスペックですよね。そのスペックとチャレンジ精神、僕にはないです」

「スペック？　チャレンジ精神？」

「職場で仕事だけじゃなく恋愛までこなすって、かなり対人関係のスペックが必要ですよね。結婚まで辿《たど》り着けなかった時の面倒くささを考えると、チャレンジ精神も必要になる」

「……そう、ですね」

――やっぱりこの人は、日本語がおかしいと思う。

頭脳が理系に特化すると、それと引き換えに言語能力が微妙になるのだろうか。漠然とそんなことを考えていると、湊斗が「確かに」と頷いた。

「俺も、仕事と恋愛は切り離しておきたいな。公私混同するわけじゃないけど、もし仕事に支障をきたすようなことがあったら申し訳ない。もちろん、職場恋愛で上手《うま》くいってる人もいるわけだし、完全に否定するつもりはないけど」

「そうですね……」

仕事第一主義の湊斗らしい発言だ。言葉で賛同しつつも、胸の奥がチクチクする。

――香月さんにとって、私は完全に恋愛対象外なんだな。

最初からわかっていたことだけど、やっぱり心が痛かった。この痛みはつまり、彩羽がそれだけ湊斗のことを本気で好きになっているということなのだろう。

憧れの王子様ではなく、一人の男性として香月湊斗を好きになった。

バルゴの開発に携《たずさ》わった人の努力を無駄にしないために、無謀とも思える賭けに出たり、会社や社員のために、忠継社長と戦おうとする彼の姿に惹かれている。

自分を甘やかすことなく、誰かに甘えることもない湊斗の、不器用でひたむきな心を少しでも支えたいと思う。

結局は片思いに終わる恋だとしても、それがなんだ。

報《むく》われない恋だからと、拗《す》ねたところでしょうがない。

いつまで一緒に仕事が出来るかわからないけど、せっかく好きな人といるのだから、後悔のないように出来ることに全力で取り組むまでだ。

彩羽がそんな決意を固めていると、控室のドアをノックする音が聞こえた。

「……はい、どう」

返事の途中でドアが開く。

「お揃いで」

部屋に入ってきたのは、冷《さ》めた笑みを浮かべた忠継社長だった。社長に続いて、秘書の圭太も部屋に入ってくる。

二人の姿に自然と身構える彩羽を、忠継社長がマジマジと見つめて、背後の圭太に顔を寄せ確認する。

「おい、こんなんだったか？」

聞かれた圭太も、眉を寄せ瞬《まばた》きをしながら彩羽の姿を見る。その挙げ句、聞こえよがしに湊斗へ「整形でもさせたのか？」と言った。

「……っ！」

あまりに失礼な物言いに、彩羽がグッと唇を噛む。

そんな彩羽とは対照的に、湊斗は余裕の表情で二人を迎える。

「彼女の努力のたまものだよ。服とメイクを少し変えただけだ」

「へー、上手《うま》く化けたもんだな」

こちらへ歩み寄ってきた圭太が、彩羽の頭のてっぺんから爪先《つまさき》まで無遠慮な視線を向けてくる。

その視線に居心地の悪さを感じていると、圭太がにやりと笑った。

「これなら連れて歩くのも悪くないな。どこか高い店にでも連れて行ってやろうか？」

「——なっ！」

セクハラ紛《まが》いの発言に彩羽がなにか言うより早く、湊斗が圭太から守るように二人の間に割って入る。

「彼女を、お前がアクセサリー代わりに連れて歩く女性と同じに扱うな」

「はあ？　無能な小娘をちょっと上手《うま》く化けさせたくらいで、調子に乗るなよ」

「調子に乗っているのはお前だろ。なにより、ウチの部署のメンバーは、お前の遊び相手をしてやるほど暇じゃない」

「なにっ⁉」

圭太が湊斗に掴《つか》みかかろうとするが、それを遮《さえぎ》るように忠継が咳払いをする。

自然と視線を集めた忠継が、圭太に目配せした。

「本来の目的を忘れるな」

忠継の言葉に、圭太が舌打ちをしつつ持っていたジュラルミンケースをテーブルの上に置く。

もったいぶって留め具を外した圭太が、ゆっくりと蓋《ふた》を開ける。バルゴをまだ見たことのない水沢が、立ち上がって興味津々《きょうみしんしん》でケースの中を覗《のぞ》き込む。

皆が見守る中、ジュラルミンケースに収められていた『バルゴ・オービット』が姿を現した。

「うわぁぁ……」

初めて実物を目にした水沢が、感嘆の声を上げる。事前に試作品を見た彩羽でさえ、見惚れずにはいられない美しい時計だった。

そんな彩羽たちを、忠継が鼻で笑う。

「そんな一瞬の目新しさのために、一体幾ら注《つ》ぎ込んだと思ってる。……流行《はや》り廃《すた》りの激しい時代に、高い金をかけて精巧な時計を作ったところで、採算なんか取れるものか」

吐き捨てるような忠継社長の言葉を、湊斗は目を伏せてやり過ごしている。そんな湊斗に、圭太がさらに追い打ちをかけた。

「こんなちっぽけなものに人生をかけるなんて、本当にお前はバカだよな。大体、お前の仕事には、無駄が多いんだよ。俺たちを警戒して、わざわざ山梨くんだりまで時計を取りに行ったり、無能な部長を着飾らせてみたり。そんなことしたところで、お前の行く末は変わらないんだよ！」

「——っ！」

圭太の言葉に、湊斗が目を見開いた。息を呑む彼の表情に、彩羽の心が軋《きし》む。

——この時計を見ても、そんなことしか言えないのっ！

それでも世界屈指の時計メーカーの社長秘書か、と言いたくなる。

でも、ここで彩羽が感情のまま言い返したら、かえって湊斗の立場を悪くしてしまうかもしれないので、グッと言葉を呑み込んだ。

「常葉さんの目には、これがちっぽけな時計にしか見えないんですね。残念な人だ」

そう口にしたのは、彩羽や湊斗ではなく、水沢だった。

「なんだと！」

睨《にら》みつける圭太をものともせず、水沢が淡々と言う。

「だって、こんなに小さくて精密に動く機械を作るのは、すごく大変なんですよ。常葉さんには、技術の裏側にある、人の物語が見えないんですか？」

その仕組みに何故、感動しないのだろう——そんな疑問を向ける水沢を、圭太が鼻先で笑う。

「くだらない。時計はただの時計だよ。時刻を知るための道具……それ以外になんの価値もない。俺に言わせれば、デジタルにすれば安く済むし、お洒落《しゃれ》に見せたいならデザインにこだわればいい。それなのに内部構造なんかに金をかける理由がどこにある。そんな損得勘定も出来ないから、お前はこんなところに左遷《させん》されるんだよ」

言葉で傷付けることで優位に立とうとする圭太に、気付けば彩羽も口を開いていた。

「お言葉を返すようですが、この新規開発販売促進部は、亡き前社長の遺志を継ぎ、百年先のトキコクのことを考えた社長が新設された部署です。そしてこのバルゴ・オービットは、これまでトキコクが培《つちか》ってきた技術の粋《すい》を集めた最高の時計。それを侮辱《ぶじょく》するということは、社長や会社を侮辱《ぶじょく》するのと同じだと理解されていますか」

毅然《きぜん》とした彩羽の言葉に、圭太が顔色を変える。間に湊斗がいなければ、彩羽の胸ぐらを掴《つか》みそうな勢いで睨《にら》みつけられた。

そんな圭太を、忠継が「やめておけ」と、窘《たしな》める。

「彼女は一応、我が社の部長だ。きちんと敬《うやま》ってやれ」

忠継に低い声で忠告され、圭太が引き下がった。

一応……という言葉をわざと強調した忠継が、彩羽を見て薄く笑う。

その仄暗《ほのぐら》い笑みに、何故か背筋が寒くなるのを感じた。

これまでも、異例の人事や、悪意を感じる会見日の設定など、自分が優位に立てるよう賭けを進めてきた忠継のことだ。この後もまだ、自分の勝ちを確かにする策を隠しているのかもしれない。そんな不安が頭をよぎる。

「まあ、せいぜい社長である私を喜ばせる会見にしてくれ」

忠継は抜け目がない様子で、彩羽と湊斗を見比べる。

「社長を喜ばせられるかはわかりませんが、百年続いたトキコクの社員として、恥ずかしくない会見にしてみせます」

彩羽は忠継社長の道具になるつもりはない。湊斗や彼が守りたいと思っているトキコクのために頑張るのだ。

そんな思いを込めて胸を張る彩羽に、忠継が笑みを浮かべたまま「ぬかせ」と、呟《つぶや》く。

その時、控室に桐子が「そろそろ時間です」と、呼びに来た。

今日の会見の司会進行役を任されている桐子は、シックな黒のスーツに身を固め、眼鏡をコンタクトに替えている。アイラインを強く引いて目元を強調することで、形のよい二重《ふたえ》の目が際立ち、きりっとした大人の雰囲気を醸《かも》し出していた。

桐子の言葉に頷き、忠継は顎《あご》を動かしその場にいる全員に移動を促《うなが》す。

「まあとりあえず、今日のところは、若き部長の誕生を祝ってやろうじゃないか」

鷹揚《おうよう》な口調で話す忠継が、彩羽の左手を取り手首にバルゴを巻き付けた。手を離す瞬間、忠継は彩羽に顔を寄せて確認してくる。

「軽い時計だろ?」

腕を動かしてみた彩羽が頷くと、忠継が目を細めた。

「覚えておけ。その軽さが、この会社における君や香月湊斗の価値だ」

「——っ」

忠継は、息を呑む彩羽の顔を見つめて満足げに頷くと、高らかに踵《かかと》の音を響かせ廊下へ出て行った。

「部長……」

忠継の言葉を隣で聞いていた湊斗が、気遣わしげな視線を彩羽に向ける。

——この時計のすごさをわかろうとしない人に、私たちの価値を決めて欲しくない。

グッと顔を上げた彩羽は、湊斗の見やすい位置にバルゴを持ってきて言った。

「大丈夫です。私は、バルゴの価値をよく知っています」

彩羽の言葉に、湊斗の表情が柔らかく綻《ほころ》ぶ。

頼むよ——そんな思いを込めるように、湊斗が彩羽の肩を軽く叩いて歩き出す。彩羽も真っ直ぐ前を見据えてそれに続いた。

従業員の誘導に従い、控室の隣にある会場へ移動する。パーティションで仕切られた裏側を通りながら、屏風《びょうぶ》が設置された舞台に、テーブルと椅子が並んでいるのが見えた。

舞台の袖まで来ると、桐子がここで待つようにと合図してくる。

足を止める彩羽に頷き、まずは桐子が一人で舞台に上がっていく。

舞台中央のスタンドマイクの前に立った桐子が、「お待たせいたしました。ただ今より、株式会社トキコクに新設されました、新規開発販売促進部、部長就任の挨拶《あいさつ》と共に……」と、落ち着きのある声で話し始めた。

桐子は、まず社長である忠継の名を呼ぶ。そして、流れるように彼の経歴、今回の新規部署の設立と異例の人事について説明していく。

やっぱり出版社の就職を目指す人は、どこか言葉のセンスが違うのかもしれない。そう納得してしまうほど桐子の司会は淀《よど》みなくスムーズだった。感心しているうちに、会場内に拍手が沸き起こり、桐子が彩羽の登壇を促《うなが》す。

その瞬間、急に緊張が押し寄せてきた。

足下からじわじわと言いようのない不安感が込み上げてきて、今すぐここから逃げたくなる。

さっきあれほど強気な発言をしたばかりなのに、足が震えて仕方がない。いきなり広い世界に一人で放り出されたみたいな心細さを感じる。

必死に震えを堪《こら》えて登壇しようとすると、大きな手に手首を掴《つか》まれた。

驚いて振り返った彩羽の目に、湊斗の迷いのない表情が飛び込んでくる。

「君なら大丈夫だ。自信を持て」

「香月さん……」

「君が俺の上司になってくれてよかった。……後は任せた」

耳元でそう囁《ささや》き、湊斗が彩羽の手を離す。

任せた——その言葉に、胸が熱くなる。

視線を向けると、彩羽を真っ直ぐ見つめる彼と目が合った。彼の表情から、本当に自分を信頼してこの場を任せてくれるのだと伝わってくる。

それだけで、さっきまでの不安が消えていくのを感じた。

自分の信じる人から、同じように信じてもらえる。それだけで、強さが生まれる。

「はい。任せてください！」

力強くそう返して、彩羽は舞台袖から視線を向けると、多くの人が、カメラやＩＣレコーダーを片手に彩羽の登場を待ち構えているのが見えた。

会場に並ぶ記者の数に、桐子たちの努力が報《むく》われてよかったと思う。今度は彩羽が、桐子たちの努力を引き継ぐ番だ。

そう自分を鼓舞《こぶ》して壇上に登ると、その途端、一斉に飛び散る火花のようなフラッシュがたかれる。

その眩《まぶ》しさに顔をしかめそうになるけれど、それを堪《こら》えて舞台中央で自分を待つ忠継を見つめた。

こういう場に慣れているであろう忠継は、余裕のある表情で彩羽を待ち構えている。

彩羽は左手首に巻かれたバルゴの存在を強く意識しながら、忠継の前まで歩を進めた。

――これは戦いだ。しかも絶対に負けられない戦いだ。

自分を鼓舞して、彩羽は忠継の前でゆっくりと足を止める。まずは忠継に一礼し、次に取材陣に一礼した。

すぐに桐子が彩羽を紹介し、その流れで彩羽が部長を務める新規開発販売促進部の取り組むプロジェクトと、その核であるバルゴ・オービットについて紹介し始める。

それが終わると、彩羽の挨拶《あいさつ》、質疑応答と続いた。

「その若さでの部長昇進、女性が管理職になることで感じる難しさとは」「自分の任されたバルゴ・オービットをどう思うか」――記者から投げかけられる質問は、事前に友岡が纏《まと》めてくれた想定問答集とほとんど同じ内容だった。

彩羽はこれまで準備してきた内容を、臨機応変に組み替えて記者の質問に答えていく。

質問が途切れた時、チラリと忠継の様子を確認する。彼はその場の空気を読んでか、さっきまでの態度をすっかり消して穏やかな表情を浮かべて会見を見守っている。

　さすがに公《おおやけ》の場では、こちら側を非難するような態度は取らないつもりらしい。そのことに安堵しながら次の質問に備えていると、一人の記者が立ち上がり質問を口にした。

「この時計には、採算を度外視した多額の開発費が費やされたと聞きます。そのため社内には、反対の声も多かったとか」

「えっ……」

　思いもしない内容に、咄嗟《とっさ》に言葉が出ない。

　ハッとして隣に視線を向けると、忠継の口元が微《かす》かに歪《ゆが》んだ気がした。

　瞬間的に、彩羽の肌が粟立《あわだ》つ。

　——これ、たぶん社長が仕込んだ人だ。

　そう察したけれど、会見である以上、記者の質問に答えないわけにはいかない。

「た……確かに、バルゴ・オービットには開発費がかかっているかもしれません。ですが、それは価値ある投資だと思っています……」

「かかっているかも？　その金額は幾らですか？」

「それは……」

「すぐには答えられない。貴女、それでも部長なんですか？」

　口ごもる彩羽をさらに追い詰めるように、記者が次々と質問を投げかけてくる。はっきりと悪意の滲《にじ》む質問に彩羽が困惑していると、隣に立つ忠継が一歩前に歩み出た。

「無知で無謀が許されるのは若者の特権と思い、許してやってください」

穏やかな口調でそう切り出す忠継は、彩羽を一瞥《いちべつ》してから言葉を続ける。

「若さとは、時に新しい時代を作るエネルギーとなります。先代から引き継いだトキコクを新しく作り替えていくために、その若いエネルギーで私を助けてもらおうと、彼女を部長に任命しました」

「……っ」

忠継の腹の内を知らなければ、この言葉を聞いて社長のために力を尽くしたいと思っただろう。

だが実際は、湊斗との賭けに勝つために、無知で無謀な彩羽が失敗するのを期待していると言われているのだ。

「ぜひ、温かな目で、今後の彼女の活躍を見守ってください」

忠継は白々しいくらいの満面の笑みで彩羽の部長就任を後押しする。その言葉に賛同するように、会場内に大きな拍手が起こった。

「では、部長もなにか……」

周囲の反応に満足した忠継が、そう言って彩羽を促《うなが》す。

彩羽は緊張で冷たくなった右手で左手首をしっかり掴《つか》み、バルゴを自分の頬の位置まで引き上げた。

ゆっくりと深呼吸をして気持ちを整え、静かに口を開く。

「……私は、このバルゴ・オービットを、亡き前社長からの手紙だと思っています。生前、前社長は『百年続いたトキコクを、さらに百年先に繋《つな》げたい』と話されていました。そうして着手されたのがこのバルゴ・オービットの開発です。これまでトキコクが培《つちか》ってきた最高の技術を詰め込んだ、未来に繋《つな》がる時計です」

この会見に向けて事前準備を進めるうちに、湊斗や友岡が自信を持って「バルゴはいい時計だ」と断言した意味がわかった。その思いを少しでもみんなに伝えたい……そんな気持ちで言葉を続ける。

「移り変わりの激しい世の中で、決して変わらず人生に寄り添ってくれる一品。親から子へ、子から孫へと受け継がれていく歴史。バルゴ・オービットには、そんな時計になってほしいと思っています。……若輩者ではありますが、百年先のトキコクのために頑張っていきたいと思います」

自分の思いが正しく伝わったか不安になるけれど、今の自分の精一杯の思いを込めた。そう自分に言い聞かせて頭を下げると、周囲から拍手が起きる。

ホッと安堵の息を漏《も》らして顔を上げると、忠継が手を差し伸べてきた。彩羽がその手を握ると、顔を寄せた忠継が小さな声で「では、お手並み拝見といこうか」と囁《ささや》き、周囲に満面の笑みを向けた。

「若き部長の挑戦に応援の拍手を……」

忠継の言葉に、さらなる拍手が沸き起こる中、会見は終わりへと向かった。

就任会見を終え、舞台から下りた彩羽を湊斗と水沢が拍手で迎えてくれる。

「いい会見だった」

ポンッと、彩羽の肩に手を置き、湊斗が微笑む。

「香月さん……」

彩羽がホッと安堵の吐息を零《こぼ》すと、忠継と圭太が三人に歩み寄ってきた。

「この程度で、賭けに勝てると思うなよ！」

すれ違いざま、感情を剥《む》き出しに吐き捨てた圭太が湊斗を睨《にら》みつける。そのまま、忠継と共にその場を後にした。

「大丈夫。君の会見が上手《うま》くいったから、面白くないんだよ」

圭太の剣幕に驚く彩羽の肩を叩き、湊斗が笑った。

「だったら、いいんですけど」

その時、一足遅れて桐子が舞台を下りてきた。そのまま彼女は、眉を寄せて湊斗に詰め寄る。

「賭けってなに？」

「あの、新島さん……」

焦る彩羽の肩を湊斗が掴《つか》んだ。

「ちゃんと話すよ。君たちには、全てを知る権利がある」

そう言って湊斗は、皆を控室へ連れて行った。

◇　◇　◇

「なにそれっ！　私たち、そんなことに巻き込まれてたのっ⁉」

湊斗から、忠継と交わした賭けの内容と、それに勝つために忠継が画策してきた嫌がらせについて聞かされた桐子が、愕然《がくぜん》とする。

桐子の隣に座る水沢は、彼女とは対照的に落ち着いた様子でお茶を飲んでいる。

「君たちを巻き込んでしまった形になり、申し訳ない」

湊斗が素直に頭を下げると、桐子が肩を落として天井を見上げる。

「まあ、最初から変だと思ってたのよ。……これで色々納得がいったわ。牧瀬さんが部長になった理由もね」

桐子は放心した様子で、そう呟《つぶや》いた。

「すみません」

小さくなって謝る彩羽をチラリと見て、桐子は顔を両手で覆《おお》って唸《うな》る。

「私、やっぱり左遷《させん》されたのね」

そんな桐子に、なんと声をかければいいのかわからない。オロオロする彩羽の前で、桐子がいきなり大声を出した。

「決めたわっ！」

桐子は目の前のテーブルを拳《こぶし》で叩き、びしっと湊斗を指さす。

「こうなったら、私、全力で働きます。だから香月さんが賭けに勝ったら、私を部長にしてくださいっ！」

「ええ!?」

驚く彩羽に構わず、桐子はまくし立てる。

「今のところ、これ以上底に落ちる心配はないってことですよね？　それなら、後は勝ち上がって行けばいいんでしょっ？『勝てば官軍、負ければ賊軍』ってことなら、賭けにさえ勝てば、新規開発販売促進部が正義になれるってことじゃないですか！」

「まあ……」

桐子の勢いに気圧《けお》されつつ湊斗が頷くと、桐子がガッツポーズを作る。

「なら勝ちましょうっ！　というか、意地でも勝ちますよっ！　だから香月さんが経営権を手にした暁《あかつき》には、その功労者として私を部長にしてくださいっ！」

「おおぉっ、ガツガツだ」

なかばやけくそとも取れる桐子の嘆願に、水沢が感嘆の声を上げ拍手を送る。

そんな二人を見ていた湊斗が、にやりと面白そうに頷いた。

「いいよ」

「え、本当……ですか？」

言い出した桐子が、驚きの声を上げる。

「ああ、本当だ。新規開発販売促進部に異動してから今日まで、新島さんはこの窮地《きゅうち》を脱しようとあれこれ働きかけてくれた。その勢いに、水沢君もいい影響を受けていると話している。そして、この部署の実情を知ってなお、モチベーションが下がらないその強さは正しく評価するべきだと思う」

手放しに評価され、桐子の頬に小さなえくぼが出来る。

「頑張ります」

桐子が強気の笑みを浮かべて宣言すると、その横の水沢も全力でサポートをすると言った。

――こういうのいいな……

最初はバラバラだったメンバーが、目的のために結束していく。

ずっと孤軍奮闘していた湊斗。そんな彼が、これまで黙っていた賭けの内容をみんなに話したのは、メンバーに少なからず信頼を寄せているからだろう。

バラバラだったみんなが、目的に向かって一つになっていく感覚が心地いい。

「ここに、友岡さんもいたらよかったですね」

昨日突然、明日は私用で休みたいと言われた。詳しい理由は聞かなかったけど、愛妻家の彼のことだから、奥さんのことでなにかあったのかもしれない。

出来れば友岡ともこの空気を共有したかった。

「そうだね」

彩羽の言葉に頷き、湊斗は水沢に話題を振る。

「水沢君は、この件が落ち着いたら、どこの部署に移りたいとか希望はないの？」

言いたいことを言って満足げな桐子も「今が希望を言うチャンスよ」と、水沢を焚《た》き付ける。

当の水沢は、どこかのんびりした様子で首を横に振った。

「特に希望はないです。僕は、将来的には会社を辞めるつもりですから」

「——えっ！」

「はいっ⁉」

思いもしなかった水沢の言葉に、その場の誰もが戸惑う。

「もともと奨学金を返済し、纏《まと》まった生活費を稼《かせ》いだら、仕事を辞める気だったんです」

「辞めてどうするの？　ここ一応、大手企業なのよ。もったいなくないの？」

「一応……」

複雑な顔を見せる湊斗に、桐子がハッと目を見開いた。そんな二人に構うことなく水沢が言葉を続ける。

「大学に戻って、宇宙物理学の博士課程を取ります。それで好きな研究に邁進《まいしん》します」

「はぁ……すごい……」

水沢が何事にも動じることなく淡々と仕事をこなす理由はそこにあったのだろう。

「宇宙って……そんな遠くの場所を研究して、誰かの役に立つの？」

呆れ気味に桐子が聞く。

桐子としては素朴な疑問を口にしただけなのだろうけど、水沢は嬉々《きき》として自分が人生の研究テーマに掲《かか》げているという、宇宙空間の重力についての説明を饒舌《じょうぜつ》に語り始めた。

彼はすごくイキイキしていて、本当に宇宙が好きなのだと伝わってくる。

「思っていた以上に、面白いメンバーが集まったんだな」

熱弁をふるう水沢と呆れつつもそれに付き合う桐子の二人を見つめ、湊斗が彩羽に言った。

「そうですね。皆さん、なかなか個性的です」

するとと湊斗が、「もう最初には戻れないな」と呟《つぶや》いた。

「え？」

「時間は止めることも巻き戻すことも出来ない。祖父が亡くなった時は、そのことを悔やんだ。でも今は、その時とは別の感情で、つくづくそう思う。こんなに個性的で面白いメンバーと仕事をしていたら、もう一人でなんとか出来るって思っていた頃には戻れない」

「……よかったです」

湊斗が孤独でなくて。

「自分は一人でも、完璧な仕事が出来るって思ってたんだけどな」

苦笑した湊斗がお手上げとばかりに両手を軽く上げてみせる。

その茶目っ気たっぷりな姿に、自分も少しは受け入れてもらえているのだと感じて嬉しくなる。

「完璧な人間なんていませんから」

彩羽が静かにそう返すと、湊斗がなんとも言えない顔で髪を掻き上げた。

「……そうだね」

――時間は、止めることも巻き戻すことも出来ない。

もう彩羽にとって、湊斗は遠くから眺めるだけで満足していた憧れの王子様ではなくなっている。

自分の中で確実に大きくなっている感情をはっきりと意識した。

◇◇◇

ひととおりの説明と雑談が終わる頃には、激しく降っていた雨は上がり空は夕焼け色に染まっていた。

「この後の取材、遅い時間だけど、大丈夫？」

「はい」

頷く彩羽を確認し、湊斗が腕時計の時刻を確認する。

「時間にはまだ余裕あるけど、一度家に帰る？」

「いえ。適当に時間を潰しています」

同じく時刻を確認し彩羽がそう答えると、湊斗からホテルの庭園を散歩しないかと誘われた。

歴史のあるこのホテルの庭は、晩夏のこの時季、二度目の開花シーズンを迎えたバラが綻《ほころ》び始めているらしい。

「見頃とは言えないけど、時間潰しにはちょうどいいと思うよ」

「香月さんも、花を愛《め》でる感覚があるんですね」

普段仕事の話しかしないので、驚きを隠せない。

彩羽の言葉に、湊斗が「失礼な」と言って笑う。

「俺だって、花を眺めることはあるし、綺麗な花を見れば癒《いや》される。ただ忙しすぎて、その時間を持てないだけだよ」

そう言って歩き出す湊斗に、彩羽も続いた。

彼に案内された庭は、雨上がりのせいか彩羽たちの他に人の姿はない。

庭園の一角に植えられたバラはまだ蕾《つぼみ》の状態だったが、雨に洗われて美しく光っている。

「うわぁ……綺麗」

「ありがとう」

庭を歩く湊斗が、呟《つぶや》くように言った。

「はい？」

不思議そうな顔をする彩羽に、湊斗はなにか憑《つ》き物が落ちたような表情で言う。

「少し前、世の中は自分の手に負えないことだらけだって話していただろ？」

「ああ……」

初めて五十嵐の店に行った時、湊斗の車の中でそんな会話をしたのを思い出す。

「……上手《うま》く言えないけど、君のその言葉で、なんとなく諦めがついた」

「諦め？」

湊斗が足を止め、彩羽を見つめる。

彩羽と湊斗の間を爽《さわ》やかな風が吹き抜けていく。

「そう。俺は祖父の意向もあって、トキコクを任されるのは自分だと思っていた。自分には、それを背負うだけの覚悟も能力もあると自負していた。……だけど、祖父が死んで俺の世界は一変してしまった」

吹き抜ける風を楽しむように、リラックスした様子で湊斗が再び口を開いた。

「祖父がこんなに早く逝《い》ってしまい、俺は経営者としては若すぎるという理由で後継者から降ろされた。気付けば社内で宙ぶらりんな立場に追い込まれていた。正直、俺の手には負えないことだらけだったけど、このままじゃ駄目だと伯父に賭けを申し出たんだ」

「……はい」

いつの間にか完全に日は沈んでしまったが、周囲はまだ明るい。そんな中で見上げる湊斗は、光の加減なのか、いつもより若く見える。

「正しく生きていれば、正しい未来に辿《たど》りつける。ずっとそう思ってきたけど、俺はいつの間にか、ちっとも正しくない世界で一人きりで闘っていた。……けど君は、そんな世界を受け入れて、その上で自分に正しく生きようとしている」

湊斗が眩《まぶ》しそうに目を細めて、彩羽に視線を向けてきた。

「……っ！」

そんなふうに評価されると、恥ずかしくなる。

と同時に、湊斗はこの話をするために彩羽を散歩に誘ったのかもしれないと思った。

「君の生き方を真似るわけじゃないけど、俺も自分のために正しくありたいと思う」

穏やかな表情を見せる湊斗に、彩羽の心が揺さぶられる。

隠しきれないその感情を意識しつつ、彩羽は口を開いた。

「もし、そう思ってくれたのなら、一人で闘うのをやめてください。そんな闘い方をしていたら、本当の香月さんがすり減ってなくなってしまいます」

「本当の俺……？」

「仕事中の香月さんは、感情を押し殺して愛想笑いばかりして、今みたいな素の表情を浮かべることなんてほとんどありません。自分に厳しくて、なにかあっても、誰かのせいにしないで、全部自分の責任にしてしまう」

彩羽の言葉に、湊斗がハッと息を呑む。そしてすぐに、「困ったな」と、クシャリと笑った。

「不完全だから、人は完全を求める。でも、そのことに気を取られすぎて、周囲が見えなくなっていたのかもしれない。……俺は、勝負に勝つためなら多少の犠牲は見て見ぬ振りをしてでも、完璧な経営者を目指すべきだと思ってた。でも、完璧じゃなくてもいいんだな……」

どこか清々《すがすが》しく見える湊斗の表情に、彩羽はよかったと心の内で思う。

目の前にいる湊斗は、面接の時に古びた時計に慈《いつく》しみの視線を向けてくれた彼と、同じに見える。

ザワザワとバラの枝葉を揺らして、晩夏の風が吹き抜けていった。

「綺麗になったね。そして、俺が思っていたより、君はずっと強い人だ」

淡い光の中で自分を見つめる湊斗は、ぼんやりと光に包まれているように見える。その姿があまりに幻想的で美しく、なんだかこのまま彼が消えてしまうような気がした。

「私は、どんな香月さんでも好きですよ」

根拠のない不安から、自然と彩羽の口から言葉が零《こぼ》れ出る。

「え……」

驚きの表情を見せる湊斗に焦り、慌てて「人として」と、付け足すと、湊斗が「あ……」と、苦笑した。

「ありがとう。俺も、君の考え方は好きだよ。……出会いが職場じゃなかったら、きっといい友達になれたと思う」

いい友達という言葉に、胸がチクリと痛む。

「……ですね。でも私と湊斗さんは、トキコクに入社したからこそ出会えたんですよ」

こうして今、湊斗と一緒に仕事ができるだけで幸せなのだと自分に言い聞かせる。

言葉に出来ない切なさを抱える彩羽に、湊斗が微笑んだ。

「俺と君じゃ、職場が一緒じゃなきゃ出会うこともなかっただろうからな。こうして出会えただけでも幸せだよ」

出会えただけでも幸せ。その言葉が嬉しくて彩羽が表情を綻《ほころ》ばせると、湊斗も優しく微笑む。

その瞬間、周囲の明るさが一段下がった気がした。

外灯の明かりがあるので、さほど変化は感じないけれど、それでも突然ストンと闇に落ちたような雰囲気に思わず空を見上げる。

「マジックアワーが終わったんだよ」

「マジックアワー？」

聞いたことのない言葉に首をかしげると、湊斗が意味を教えてくれた。

「日没後しばらく、光源になる太陽がないのにその明るさが残っている時間のことだよ。色相が温かくソフトになって、金色に光って見える、魔法のような時間って意味らしい」

「へー、初めて聞きました」

オレンジ色から濃い紫へと変わる夜空を見上げて視線を湊斗に戻すと目が合った。

「写真を撮る人が使う言葉らしいよ」

そう言って空に目を向ける湊斗の表情は変わらず穏やかだけれど、さっきまでの近さを感じない。

いつの間にか、普段と変わらない距離感に戻っていた。

彩羽の告白は、マジックアワーの終わりと共にすっかり消えてしまった。でも、部長と部下という関係でしかないなら、その方がいいだろう。

「魔法の時間は、終わったみたいですね」

「時間は止められないから」

空を見上げていた湊斗が、彩羽を見る。

「勝負はこれからだ」

「はい。私も一緒に戦います。一緒に勝ちましょう」

そう宣言する彩羽に向かって、湊斗はニヤリと笑い「よろしく」と右手を差し出した。

魔法の時間は終わったのに、二人の間に今までとは違うなにかが満ちている。

その空気を楽しむように、彩羽は湊斗の右手をしっかり握りしめた。

4　嵐の後の嵐

次の日。彩羽が出社すると、友岡以外のメンバーはすでに出勤していた。

「おはようございます」

彩羽に気付いて声をかけてきた桐子が、「寝坊ですか？」とからかってくる。いつもより遅い彩羽の出社に、そう判断したらしい。

「寝坊まではいってないです。……友岡さんは？」

彩羽は室内を見渡す。

「友岡さんの出社は、もっとギリギリですよ」

「まあ、そうなんですけど……」

そんなことを言いつつ、仕事の準備を始める。すると、桐子がタブレットを持って彩羽の席にやってきた。

「部長の会見、早速話題になってますよ」

そう言って、タブレットの画面を見せてくる。

「本当ですか？」

それぞれの机で仕事を始めていた湊斗たちも、集まってきた。

記事には記者会見のワンシーンを切り取った画像と共に、トキコクの最年少管理職誕生に関する記事が掲載されている。

前社長が亡くなり、新体制を迎えたトキコクの行方《ゆくえ》を彩羽が一人で背負っているような書き方をしている記事に、苦笑いを浮かべてしまう。

実際に、新体制のトキコクをどうにかしようとしているのは、隣にいる湊斗であり、この部署のみんななのだが。

「ネットを通すと、私のことなのに、私のことじゃないみたいで変な感じですね」

彩羽が素直な感想を述べる。

人の手や言葉を介して見る自分は、どうしても他人事《ひとごと》の印象を受ける。

「そう思えるなら、画面の向こう側は別世界と割り切って、ネットの検索はしない方がいいですよ」

そう言いながらネットを遮断するのは水沢だ。彩羽の記事を見つけた桐子にタブレットを返しながら、考えを口にする。

「もちろんネットには役に立つ情報もあります。けど、ネットの向こう側に書かれている記事は基本、『トキコク』や『部長』といった食材を好き勝手に調理した、初めて見る料理くらいに思ってた方がいいです」

相変わらず日本語が怪しい。

でも要は、彩羽にエゴサーチをするなと言っているのだろう。

もちろん桐子は、彩羽が不愉快に思う記事をわざわざ見せたりはしないはずだ。ただ、水沢の言い方からすると、バルゴや彩羽に対して攻撃的な意見が述べられているサイトもあるのかもしれない。

「気を付けます」

「そうしてください」

笑顔で頷く彩羽に、水沢がホッとした様子で笑った。

そんな話をしているうちに、友岡が姿を見せる。

「おはようございます。昨日はお休みをいただいてすみませんでした」

入ってくるなり、友岡が皆に向かって頭を下げる。

「昨日の会見は、どうでしたか？」

桐子が手招きしてタブレットの端末を再び開き画面を見せた。

こちらに歩み寄ってきた友岡が画面に視線を走らせ、表情を綻《ほころ》ばせる。その表情を見れば、彼が昨日の会見をどれだけ気にかけてくれていたか伝わってくる。

その時、パンッと乾いた音が響いた。

音のした方に視線を向けると、どうやら湊斗が手を打ち鳴らしたらしい。

「部長の就任会見も無事に終わり、バルゴも公《おおやけ》にお披露目《ひろめ》されました。新規開発販売促進部としては、ここからが本格始動となります。それぞれ、自分の目的と役割を明確にして、より一層、業務に励《はげ》んでください」

湊斗の号令に、それぞれが力強く頷いた。


しかし、その日の午後、彩羽は頭を抱え込んでいた。

午後一番に社長室に呼び出された彩羽が持ち帰った書類に目を通し、湊斗がため息を吐く。

「ひどいな」

「本当にひどいです……」

唸《うな》るような声を出し、彩羽は自分の前に置かれているアイスティーを一口飲んだ。

湊斗も自分の前のコーヒーカップに口を付けた。

今、二人は会社近くのカフェにいる。さすがにこの内容を他の三人の前で話すのははばかられる気がして、湊斗を会社近くのカフェに呼び出したのだ。

先程彩羽は、社長から、部署に割り振られている経費の削減を求められたのだ。

忠継の言い分としては、お金をかけ立派なホテルで会見を行《おこな》った割に、メディアの反応がいまいちで今後の事業収益が見込めないから、とのことだ。だが、そもそも有名メーカーの新型タブレットの公開日に会見の日をぶつけたのは忠継だし、ネットではそれなりに反応がある。

ハッキリ言って、言いがかりもいいところだ。

彩羽なりに必死に反論を試《こころ》みたのだけど、なに一つ聞き入れてもらえなかった。

一度追い返されたくらいで諦めるつもりはないが、交渉経験のない彩羽では突破口がすぐには思いつかない。そこで、まずは戦略を練るために、湊斗を呼び出したのだ。

「昨日の今日でその判断はあり得ない……と、正論を言ったところで聞き入れてくれる相手じゃないからな」

「そうですよね……」

彩羽はがっくりとうなだれる。

「普通なら販売経路を確保して、販売実績を上げてから交渉するのが一番正しいやり方なんだけど……」

言葉を濁《にご》し、カップをソーサーに戻した湊斗が額《ひたい》に手を置く。

そう。一番の問題は、その販売経路の確保が上手《うま》くいっていないということなのだ。

以前、彩羽が提案し、友岡が交渉を進めていたネットショッピングサイトは、一足早くトキコクのメンズ物を扱う契約が交わされていたそうで、こちらの申し出を断られてしまったのだ。

似たようなことが他の会社でもあり、正直、どこに営業をかければトキコクの他の販売ルートと被らないのかわからなくなっている。

「販売経路を確保するためには、やっぱり宣伝経費が必要です」

なのに、その経費まで削られてしまった。

なんだか、わけのわからない迷路に突き落とされた気分だ。

「俺の方から交渉してみようか？」

そう申し出てくれた湊斗に、彩羽は首を横に振る。

「私の代わりに香月さんが行っても、あの軽薄太郎と意地悪社長が喜ぶだけです。散々意地悪を言った挙げ句、絶対にお金を出してくれない気がします。それは、時間の無駄です」

「……」

彩羽の意見を否定しないところを見ると、湊斗も同じ考えなのだろう。

「そもそも、昨日の今日で売り上げに繋《つな》げろって方が変なんです」

「ということは、こちらが販売経路を確保し、販売実績という確たる数字をもとに交渉すれば、社長は反論できないということだ……」

「やっぱり実績に繋《つな》げるところから始めるしかないんですね」

彩羽がため息を吐きつつそう言うと、湊斗も頷いた。

「俺も削れる経費がないか見直してみるよ」

そう言う彼の表情が、どこか浮かないように見える。

「あの、無理なら無理って言ってください」

それなら、諦めずに何度でも、忠継に掛け合うのみだ。

そう覚悟を決める彩羽に、湊斗が首を横に振る。

「いや、大したことじゃない。ただ少し気になることがあって……」

気遣わしげな視線を向けると「確信が持てたら話すよ」と言われてしまったので、彩羽はそれ以上なにも言うことができなかった。


人と会う約束があるので出るという湊斗とカフェの前で別れ、彩羽は一人エレベーターホールで重いため息を吐いた。

湊斗はああ言っていたが、販売経路についても経費についても対応策は急を要する。

――このままでは、せっかくのバルゴを世間に向けて売り出すことが出来ない。

頭を悩ませつつエレベーターを待っていた彩羽は、到着したエレベーターの扉が開くなりゲッと、心の中で声を上げた。

「ああ、お前か……」

エレベーターの中にいた圭太が、彩羽に視線を向けてくる。

同じ会社なのだから仕方ないが、なるべく会いたくない相手だ。

彩羽は無言を貫き、一礼して圭太が降りるのを見送ってから、エレベーターに乗り込む。しかし、扉が閉まる直前、今降りたばかりの圭太が再びエレベーターに乗り込んできた。

「――っ！」

エレベーターの中は他に人がいないため、圭太と二人きりになってしまう。

咄嗟《とっさ》に彩羽がエレベーターの開閉ボタンに手を伸ばすと、素早くその手を掴《つか》まれた。

「お前、俺のこと避けてんの？」

「いえ……」

そう返すしかない。顔を背《そむ》ける彩羽に圭太が意地悪く笑う。

「さっき、親父にやり込められてたな」

「……」

無言で圭太に掴《つか》まれたままの手を取り戻そうともがく彩羽に、圭太が囁《ささや》く。

「経費の件、俺が親父に取りなしてやろうか？」

「……？」

思わず動きを止めて、圭太の顔をまじまじと見てしまう。

そんな彩羽にニヤリと笑い、圭太が手を離した。そして自分の胸ポケットから名刺入れを取り出し、その中の一枚を彩羽に渡してくる。

「助けて欲しかったら、俺の携帯に電話してこいよ」

「……遠慮しておきます」

圭太の助けなど、なにか裏があるに違いない。

警戒心を隠さない彩羽に圭太が「ついでに、湊斗の婚約者のことも教えてやるよ」と、付け足した。

「え、婚約者……？」

初めて聞く話に思わず反応してしまう。彩羽の反応に、圭太が下卑《げび》た笑みを浮かべた。

「なんだ、知らなかったのか？　爺さんが、湊斗に望んでた婚約者がいるんだよ。美人で上品な良家の娘って奴。……興味あるなら、電話してこいよ」

そう言い残して、圭太は自分で開閉ボタンを押してエレベーターを降りていった。

◇　◇　◇

彩羽もバカじゃない。

圭太がなんの裏もなく、協力的な態度を取るわけがないことぐらいわかる。そして、湊斗をはじめ、新規開発販売促進部のメンバーにこのことを相談すれば、無条件で止められることも。

なのに、自分から圭太に電話をかけてしまったのは、経費のこと以上に、湊斗の婚約者の存在が気になってしまったからだ。

翌日の金曜日。彩羽は誰にも告げずに、圭太に指定された有名ホテルの上層階に入っているレストランを訪れた。

東京の夜景を一望出来るこのレストランは、デートスポットとしても有名だ。

料理も海外から招いた一流シェフが腕を振るっているとのことで、目にも美しい皿が続く。

運ばれてくる料理を前に、彩羽はそっと息を吐く。

向かいに座る圭太は、会社とは別人のように饒舌《じょうぜつ》で、彩羽の仕事や容姿の変貌について称賛の言葉を並べてくる。

そんな彼と一緒に取る食事は、シェフには申し訳ないが、どこか味気ない。

初めて五十嵐の店を訪れた日、湊斗とレストランで食事した時のことを思い出し、食事は誰と一緒に取るかで味が違ってくるのだと思い知る。

食事をしながら圭太に聞かされた話によると、湊斗の婚約者は鳴海《なるみ》工業という国内有数の電子部品加工会社の社長令嬢だそうだ。

亡くなった前社長と鳴海工業の社長が懇意にしており、鳴海社長の方から、ぜひにと持ち掛けられた縁談らしい。

　圭太曰《いわ》く、両家の絆《きずな》を深めるための政略結婚なのだそうだ。

「確かに湊斗も創業者一族だけど、叔母さんはすでに常葉の家を出て香月の姓を名乗っている。トキコクと鳴海の関係を深めるなら、当然俺に来るべき話だ」

　そう言って、苛立たしげに眉を寄せる圭太の態度から察するに、鳴海工業の令嬢はよほどの美人なのだろう。

　――そうか。香月さん、婚約してたんだ……

　会社のために生活の全てを犠牲に出来る湊斗にとって、それは理想的な縁談なのかもしれない。

　ただの仕事仲間でしかない彩羽に、わざわざ話すことではないのだろうが、婚約者の存在を知らされていなかったことに少なからずショックを覚える。

「ショック？　やっぱり湊斗のこと好きだったんだ。そうじゃなきゃ、ここまで仕事を頑張ったりしないよな」

「違います」

　本音を見透《みす》かされたのかと思って、咄嗟《とっさ》に否定した。

　でも圭太がそれに納得した様子はなく、探るような視線を彩羽に向けてくる。

「ふーん。ところでお前、恋人いるの？」

予想外の質問に、思わず表情が強張《こわば》った。

「は？」

嘘をつくほどのことでもないので、正直に答える。

「……いません」

「じゃあ、俺が付き合ってやろうか」

「はいぃ？」

——いきなりなにを言い出すのだ。

素《す》っ頓狂《とんきょう》な声を上げる彩羽に、圭太がにやけた笑みを浮かべた。

「恋人もいないし、湊斗には婚約者がいる。それじゃあ、あまりに寂しいだろ？　最近随分見た目が変わって、悪くないと思ってたんだ。俺と付き合うなら、経費の件も、親父に取りなしてやるぜ」

悪くない話だろ。と、得意げな表情を見せる圭太に目眩《めまい》を感じる。

——自分の恋人になるなら、経費を融通《ゆうずう》してやるって……

典型的なパワハラとセクハラではないか。

そんなこともわからない男が、堂々と社長秘書を務める会社で働いていることが悲しくなる。

しかし、そうした状況を招いたのは自分自身だ。彩羽は気持ちを切り替えて、毅然《きぜん》と顔を上げる。

「仕事と恋愛は、切り離して考えるべきだと思います」

湊斗の考えを真似て、はっきりと言う。

そんな彩羽を、圭太が鼻で笑った。

「人間、そんなにお綺麗に生きられないだろ。お前だって、湊斗が好きだからムキになって仕事してたんじゃないの？　それと一緒だよ。そのくらいのおまけがないと、仕事にも張り合いがないだろ」

「……」

確かに、あれほど嫌がっていた部長の仕事を引き受けたのは、憧れの湊斗と一緒に仕事が出来ると思ったからだ。だけど、仕事を頑張ってきたのは、それだけが理由じゃない。

圭太の考えと、自分が湊斗に寄せていた思いを同じに扱われたことが悔しかった。なにより大事にしていた宝物を、乱暴に汚されたような気持ちになる。

下唇を噛んで俯《うつむ》く彩羽に、圭太がさらに失礼な言葉を投げかけてきた。

「付き合うのが嫌なら、一晩付き合うだけでもいいよ。下に部屋が……ッな！」

不意に圭太の言葉が途切れ、水の撥《は》ねる音がした。

驚いて顔を上げると、頭から水を滴《したた》らせる圭太と、かたわらに立つ湊斗が目に入った。

圭太の前のグラスが空《から》になっていることから、湊斗がグラスの水をかけたのだと思われる。

「お前はバカかっ」

肩で息をする湊斗が、そう吐き捨てる。

「湊斗っ、お前、なんのつもりだっ！」

音を立てて椅子から立ち上がった圭太が、怒鳴《どな》りながら湊斗に掴《つか》みかかった。

「お前が俺の上司に、血迷った発言をしているから、頭を冷やしてやっただけだ」

圭太の手を払い落とし、湊斗が冷《さ》めた口調で返す。

「こ、香月さん……ッ」

どうして湊斗が、ここに⁉

状況が呑み込めず、おろおろする彩羽の手を湊斗が掴《つか》んで立ち上がらせる。

「急な商談が入って、部長を捜していたんです」

「えっ？」

商談と言われて、彩羽の頭の中が一気に仕事へ切り替わる。

湊斗は、それ以上説明することなく、彩羽の手を引いて歩き出した。

その背後では、ウエイターからタオルを受け取った圭太が、怒鳴《どな》り散らしている。だが、湊斗は後ろを振り返ることなく大股で歩き、レジの前まで来ると彩羽たちの席の精算を求めた。

「わ、私が払います。香月さんが払う必要なんてありません！」

彩羽が慌てて財布を取り出そうとするが、湊斗はそれを制してさっさと自分のカードを差し出した。

「いい。君の食事代を圭太が払うのも面白くないし、君が圭太の食事代を払うのも面白くない。これが一番スッキリする」

そう言う湊斗の声は、確実に怒っている。気付いた彩羽は、それ以上、強く支払いを申し出る勇気が出なくなった。

小さくなって彩羽が俯《うつむ》いていると、支払いを済ませた湊斗に再び手を取られる。彼はそのまま彩羽の手を引いて店を出た。

「あ、あの……商談って、相手は？」

無言を貫く湊斗に居たたまれなくなった彩羽が、思い切って声をかける。

仕事の内容だけでも確認しようとする彩羽に、湊斗はぼそりと呟《つぶや》いた。

「嘘だよ」

「う、嘘……っ⁉」

「君を連れ出すために、咄嗟《とっさ》についた嘘だ」

不機嫌そうに言い返す湊斗は、エントランスホールでエレベーターの呼び出しボタンを押す。

「というか、どうして香月さんがここに？」

「アイツが君を誘い出したと聞いて、アイツの使いそうなホテルの店を順番に探した」

「探したって……なんで？　それに、聞いたって誰にですか？」

彩羽は、今日のことを誰にも告げずに来た。だから、知っているのは自分と圭太、あとは、圭太が話したかもしれない誰か、ということになる。

次々と浮かぶ疑問に戸惑う彩羽だったが、湊斗はその質問に答えることなく厳しく叱《しっ》責《せき》してきた。

「なんで圭太の誘いに乗った！　アイツの話がろくなものじゃないことくらい、君だって察しがつくだろう⁉」

「……すみません」

彩羽の軽はずみな行動で、湊斗に心配と迷惑をかけてしまったことを申し訳なく思う。と同時に、彼の婚約者が気になったからとは、とてもじゃないが言えない。

口を噤《つぐ》む彩羽に湊斗が大きなため息を吐いた時、エレベーターの扉が開いた。

「大体、君は自覚がなさすぎる」

エレベーターに乗り込みながら、疲れたように言われる。

「自覚？」

なんの自覚が足りないというのだろう。

思わず問いかける彩羽に、階数ボタンを押した湊斗が眉を寄せて言う。

「綺麗になった……という自覚だよ。今の君が周囲の人間にどう見られているか、声をかけてくる男の反応でわかるだろう」

「……」

湊斗は彩羽から視線を逸《そ》らさず、まるで罪を自覚させようとしているみたいに話す。

「最近、若い社員の間で、君が綺麗になったと話題になっているのを知っている。すでに君が、何人かの男からデートの誘いを受けていることも」

嘘は許さないとばかりに顔を覗《のぞ》き込まれ、彩羽の鼓動が速くなる。

「そ、そんな、あれはデートの誘いなんかじゃ……」

確かに最近、急に男性から食事に誘われることが増えたのは事実だ。でもあれは、メディアに出たことで、最年少部長という彩羽の存在を珍しく思ってのことだ。大体、仕事が忙しくて、そういった誘いは全部断っている。

――どうして、香月さんが知っているの。

それに、なんでこんなふうに不機嫌に指摘してくるのだろう。これでは、まるで嫉妬しているみたいじゃないか……。不意に浮かんだ考えを、彩羽は即座に否定する。

彼が彩羽に嫉妬だなんて、そんなことあるはずがない。

「君が綺麗になることが悪いとは言わない。だが、この件に君を巻き込んだ以上、俺には君を守る責任があるんだ。今日、君が一人で圭太に会いに行ったと聞かされて、俺がどれだけ心配したかわかるか⁉」

その言葉で、湊斗が自分のことを本気で心配し、捜しに来てくれたのだとわかった。

湊斗からすれば、仕事仲間に対する気持ちにすぎないのかもしれないが、彩羽には十分だった。

よく見ると、湊斗の首筋にうっすらと汗が滲《にじ》んでいる。それだけ必死に、自分のことを捜してくれていたのだと思うと、胸が熱くなった。

「ごめんなさい」

無意識に湊斗の首筋に手を伸ばし、指先で流れる汗を拭《ぬぐ》う。

そんな彩羽の手を掴《つか》み、湊斗が彼女の顔をじっと見つめた。

湊斗の首がわずかに動き、彼の顔が近付いてくる。

気が付くと、湊斗の唇が彩羽の唇に触れた。

驚いた彩羽が薄く唇を開くと、そのまま湊斗の舌が彩羽の口内へと侵入してくる。

逃げる間もなく舌を捕らえられ、深く絡《から》められた。

突然のことなのに、何故かそれが自然なことのように思え、いつしか自分から彼に舌を絡《から》める。

無言のまま、互いに深い口付けを交わしていると、小さなベルの音が響いてエレベーターが一階に着いたことを告げた。

その瞬間、彩羽と湊斗は弾かれたように体を離す。

「……行こう」

「……はい」

言葉少なに歩きだす湊斗に従いながら、彩羽は彼の背を見つめた。

——今、私、香月さんとキスした……

湊斗と唇が重なった瞬間、ごく自然に彼を受け入れていた。

——駄目なのに。

湊斗は以前、職場恋愛などあり得ないと話していた。第一、彼には婚約者がいる。どんなに好きになっても、彼と結ばれることはあり得ない。

どうしてキスをしたのか——彼の気持ちを知りたいという思いに蓋《ふた》をして、彩羽はなにも言わずにエレベーターから降りた。

ホテルの駐車場に出る頃には、さっきのキスはなかったことになっていた。

「車で来たから送るよ」

いつもの口調で湊斗が言う。

「香月さん、この後は？」

何気なく聞いた彩羽に、湊斗は一瞬、表情を曇らせた。

「人と会う約束をしているけど、君を送る時間くらいはある」

「人と会う……仕事ですか？」

——それとも、婚約者に会いに行くのだろうか。

そう思うと、割り切ったつもりでも、じくじくと心が疼《うず》いてしまう。

「いや、友岡さんと会うだけだ」

「え、友岡さん……こんな遅くに？」

尋ねる彩羽に湊斗が微笑んだ。その笑い方が、新規開発販売促進部が発足《ほっそく》された当初、一人で面倒事を抱え込もうとしていた湊斗の顔と重なる。感情を隠した嘘の笑顔だ。

彩羽は咄嗟《とっさ》に、湊斗の服の袖を掴《つか》んだ。

「部署に関わることなら、私にも話してもらえませんか？」

「……それは、部長命令？」

そう問われて、彩羽は一瞬考えてから口を開く。

「違います。私個人が、香月さんを心配しているんです。なんだか……また一人で、難しい問題を抱え込もうとしている気がして」

彼の服を掴《つか》んだ指を力なく離す彩羽に、湊斗が困ったように微笑んだ。

「いっそ、職務として聞き出してくれた方が楽だったのに」

　そう言ってため息を吐いた彼の顔からは、嘘を感じなかった。そのことに安堵すると、湊斗が彩羽に手を差し伸べてくる。

「……？」

「嫌なものを見ることになると思う。それでもいいなら、一緒に来るか？」

「はい」

　しっかりと頷き、その手を取った。

　湊斗の車に乗り、彩羽が目的地を聞くと、「俺の部屋」と言われる。

「香月さんの部屋？」

　思わず動揺した声を上げる彩羽に、湊斗が苦笑した。

「ごめん。君が同席するとは考えてなかったから……。他の人にはあまり聞かれたくない話なんだ。だから、ウチで話すことにしたんだけど」

　つい過剰に反応してしまった自分を反省し、彩羽が慌てて首を振る。

「ごめんなさい、大丈夫です。香月さんが、社内の人になにかするとは思ってません」

　――さっきのはきっと、事故のようなものだったのだ。

　一瞬、彩羽の言葉になんとも言えない顔をした湊斗は、すぐに頷いて車を発進させた。

◇　◇　◇

湊斗が一人暮らしをしているタワーマンションは、近年急速に再開発が進んでいる都内の一等地にあった。湊斗曰《いわ》く、交通の利便性と日常の手間を考えてここに決めたらしい。確かに交通のアクセスがよさそうだ。それだけでなく、マンションの共用スペースには、住民専用のレストランやトレーニングジムまであるというのだから驚く。

自分が暮らす小さなマンションとは大違いだ。

「内装もお洒落《しゃれ》でホテルみたいですね。それに景色も綺麗です」

湊斗は、ネクタイを外して上着と一緒に近くの椅子の背にかけ、そのままシャツのボタンを上から二つほど外す。

「景色のいい部屋が好きなら、牧瀬さんもこういうマンションに引っ越せば？」

招き入れられた部屋の眺望に思わず歓声を上げた彩羽に、湊斗がさらりと言う。

「え？」

なにを言われたのかわからず、首をかしげた。

「部長の給与なら住めるでしょ」

当然のように言われて思い出す。未だに実感が湧かないが、今の彩羽は部長なのだった。

　——そういえば私のお給料って、幾らになるんだろう？

　雇用契約を結び直す際に、給与面についても確認した気がするが、慌ただしい毎日に追われて、その辺りの記憶がほとんどない。

　おぼろげな記憶を辿《たど》りつつ彩羽は首を横に振った。

「私は今のままでいいです」

「なんで？」

「いつまで部長でいられるかわからないですし、こういうマンションに住むのは、私の身の丈に合っていないと思うから」

「……堅実だね」

　そう言って湊斗が笑った。

　彩羽は、湊斗の勧めに従い広々としたリビングのソファーに腰かける。

　ほどなくすると、インターホンが鳴り来客を告げた。モニターで友岡の訪問を確認した湊斗が出迎えに出る。湊斗と一緒にリビングへ入ってきた友岡は、彩羽を見て驚いた顔をした。

「部長にも同席していただくことにしました」

　友岡がなにか言うより早く、湊斗が告げる。

「そうですか……」

ソファーに座った友岡が、彩羽を見て「見つかってよかった」と、小さく息を吐いた。それで、湊斗に圭太のことを教えたのが彼だとわかる。

――でも、どうして友岡さんがそのことを知っていたのだろうか。

けれど、すぐに友岡が神妙な面持《おもも》ちで居住まいを正したので、その疑問を追及することはできなかった。

「それで、私にお話というのは……？」

硬い表情で問いかける友岡に、湊斗が「単刀直入にお伺《うかが》いします」と、切り出す。

「友岡さんは、社長と繋《つな》がっていますね？」

「――っ！」

状況が呑み込めず戸惑う彩羽と違い、友岡は固く唇を引き結んでいる。

「最初に違和感を覚えたのは、会見の日です。おそらく社長は、会見当日にバルゴが間に合わなかったと言うつもりだったのでしょう。しかし、会見日の変更を牧瀬部長が交渉した際、我々がそれを察知し対抗策を立てた。……その会話を誰かが常葉秘書に報告したために、あの日社長は予定どおりバルゴを渡したのだと推測しています」

「……それだけのことで、どうして友岡さんが社長と繋《つな》がっていることになるんですか？」

友岡が裏切るわけない。そう信じて、彩羽が反論する。

しかし、湊斗は首を横に振ることで、彩羽の希望を打ち砕く。

「確かに、デザイナーからバルゴを借り受けてくるという方法を思いつく人間が他にもいるかもしれない。新島さんや水沢君も、可能性がないわけじゃない」

そこで一度言葉を切った湊斗は、感情を押し殺した様子で話を続ける。

「会見の日、常葉秘書は『山梨まで時計を取りに行った……』と口走った。プライベートを晒《さら》していない井伏氏は、公《おおやけ》のプロフィールには別名を記載し所在地も海外の工房としている。バルゴのデザイナーが井伏加工の息子で、現在実家のある山梨に戻っていることを知っているのは、私を含めたバルゴの開発当初から関わっている数人だけです」

ということは、あの場にいた桐子と水沢は候補から外れる。

「――ッ」

湊斗に正面から見据えられて、友岡がグッと息を呑む。

「牧瀬部長が提案したネット通販サイトで、急にトキコクの商品が扱われることになったのも、貴方が情報を流したからですよね？　他にも、新規販路や大型の取材が直前になって断られたのは、社長に情報が筒抜けだったからだ」

「友岡さん……」

なにか反論を、と声を発した彩羽だけど、その先に続く言葉が思いつかない。なにより、蒼白な顔で黙り込む友岡の表情が、湊斗の推理を肯定している。

湊斗は友岡から目を逸《そ》らさず、淡々と言葉を発した。

「スパイが貴方だと確信したのは、今日、常葉秘書が牧瀬部長を食事に誘い出したと、私に教えてくれたからです」

——ああ……。

誰にも告げずにいた今日のことを知っているのは、彩羽と圭太だけ。

それを知っていたのであれば、友岡と圭太が繋《つな》がっているのは確かだろう。

「友岡さん、どうして？」

友岡が、泣いているような笑みを浮かべる。

「部長が心配だったからですよ」

友岡の言葉に、淡々と推理を並べていた湊斗が、悲しげに「裏切るには、貴方は人が良すぎます」と、髪を掻き上げた。

「バルゴ・オービットは、貴方にとっても大切なものだ。それなのにどうして、こんなことを？」

「香月さん……いや、湊斗君。君のことは子供の頃からよく知っている。真面目で優しい君が、本来の自分を押し殺し、亡き社長の遺志を継ごうと努力する姿をずっと見てきました。それと同時に、忠継氏との軋轢《あつれき》も目の当たりにしてきました。私には、忠継氏が、簡単に社長の座を手放すとは思えません」

「そうですね。だからこそ、こうして闘っています」

落ち着いた声で返す湊斗に、友岡が聞く。

「その闘いに、貴方が勝つ保証はありますか？」

「っ、それは……」

「その保証がない中、湊斗君に賭けて、もし負けたら……誰が私の立場を保障してくれます？　私は妻が生きている間は、どうしてもトキコクの社員でいたい。妻にトキコクの社員である自分の姿を見せていてやりたい。……忠継氏は、湊斗君が私の行為に気付いたとしても、私の立場を守ると約束してくれました。定年を迎えた際の再雇用も約束してくれています。今の貴方に同じ約束が出来ますか？」

「……」

その問いに、湊斗が口を噤《つぐ》む。

「前社長が生きていれば、私は全力で君をサポートしたでしょう。ですが、この状況で君の側につくにはリスクが高すぎる。私に守るものがある以上、リスクを承知で君に賭けることはできないんです。……申し訳ない」

黙り込む湊斗に、友岡が立ち上がって深く頭を下げた。

「退職届を出した方がいいですか？」

そう問われた湊斗が、首を横に振る。

「いえ。法や社内規定に触れることをしたわけではないので……」

顔を上げた友岡が、くしゃりと表情を歪《ゆが》めた。

「湊斗君は、相変わらず優しい。……忠継氏なら、自分に逆らった人間は絶対に許さないでしょう」

友岡の言葉に、湊斗がきつく目を閉じた。

「忠継氏は、自分が勝つためなら手段を選びませんよ」

「それでも、絶対に負けません」

そう断言する湊斗に、友岡が再び頭を下げる。そして彼は、そのまま部屋を出ていった。

「香月さんっ」

彩羽は本当にこれでいいのか、と湊斗を見る。ソファーに座った湊斗は、握り拳《こぶし》を作り苦悩に満ちた表情を浮かべていた。

一番頼りにしていたはずの友岡の裏切りに、深く傷付いているのが伝わり胸が苦しくなる。

――だけど、このままでいいわけない。

ソファーから立ち上がった彩羽は、友岡を追って部屋を飛び出した。

パンプスを履くのももどかしく、彩羽はストッキングのまま玄関を飛び出して、ちょうどエレベーターに乗った友岡に追いつく。

「友岡さんッ」

走ってきた勢いでエレベーターに乗り込むと、背後で扉が閉まりエレベーターが下降を始めた。

「部長……」

肩で息をする彩羽を、友岡が驚いた顔で見つめてくる。

「えっと……あの……」

勢いで追いかけてきてしまったが、正直なところ、なにを話したらいいかわからない。

彩羽が言葉を探している間に、エレベーターが一階に着いてしまう。

「明日、社長に異動願いを出します。どうか湊斗君のことを支えてあげてください」

ご迷惑をおかけしました。そう深く一礼して、友岡がエレベーターを降りていく。

——そんなの、駄目だっ！

友岡にかける言葉はなに一つ思いつかない。それでも、エントランスを抜け外に出て行く友岡の腕を掴《つか》んだ。

「い、異動願いを出すのは、もう少し待ってもらえませんか？」

「……？」

「トキコクに残ることが友岡さんの希望なら、その場所が新規開発販売促進部でも問題ないですよね？　それなら、このままウチにいてください」

彩羽の申し出に、友岡が驚いた表情で足を止める。

「なんのために？」

戸惑う友岡に、彩羽は「香月さんのためです」と答えた。

「湊斗君の？」

「はい。そして、友岡さん自身のためです。友岡さん、こんな形でバルゴのプロジェクトから離れてしまって、後悔しませんか？」

「……それは、自分のしたことの代償ですから」

「それさえも、社長の嫌がらせだとしたら、どうしますか？」

「……どういうことでしょう？」

意味がわからないといった顔をする友岡に、彩羽が自分の考えを説明する。

「このままじゃ、香月さんは信頼していた友岡さんの裏切りに傷付くだけでなく、自分のせいで友岡さんをプロジェクトから外したことを後悔し続けることになります」

「ああ……かもしれませんね。湊斗君は優しいから」

友岡が、眉を寄せて頷く。

彩羽は、自分の中で渦巻いている感情を友岡にぶつける。

「そんなの、納得出来ません。香月さんも友岡さんも苦しいだけじゃないですか。会社の未来を考えてきた二人が、そんなふうになっていいわけがないです！」

――社長は、どうして自社の人間を大事にしてくれないの。

トキコクのことを思って仕事をしてきた湊斗や友岡への、なんの敬意も感じられない忠継のやり方に腹が立った。

「……部長は、私を引き留めて、その後はどうするんです？」

「それは……また後で考えます」

己《おのれ》の無計画さを隠さない彩羽に、友岡の表情が今日初めて緩《ゆる》んだ。

「面白い人ですね。貴女を部長に推薦してよかった」

「部長に推薦？」

友岡の言葉に、彩羽が首をかしげる。

「ええ……」

彼はなにかを思い出すように、彩羽へ微笑んだ。

「部長は覚えていないでしょうが、貴女の就職試験の最終面接の場に、私もいたのですよ」

「友岡さんが……？」

あの日、湊斗以外の面接官は全員年配で印象が似ていたのであまり記憶に残っていない。

だけど、よくよく思い出せば、湊斗に話しかけていた人が友岡に似ていたような気がしなくもない。そんなことを考えていると、友岡が口を開いた。

「面接の日、貴女は『時計の中に自分だけの宇宙があり、それを独り占め出来る』といった感じのことを言いましたね。その考えが、前社長や湊斗君と近い気がしたんですよ」

「そう、なんですか……」

初めて知る事実に驚く。

「新規開発販売促進部を立ち上げる際、私は忠継社長に人選を任されました。社長からは『役に立ちそうにない、目立たない若い社員を選べ』と言われました。その時、何故か私は貴女を思い出したんです」

「……」

――もしかしてこれは、悪口を言われているのだろうか。

そう思う彩羽に、友岡が続ける。

「貴女は、前社長や湊斗君と似た考え方をしていた。それに不思議と人の心に入り込む存在感がある。……そんな貴女なら、湊斗君の助けになってくれるかもしれない。そんな祈りを込めて、私は貴女を部長に推したんです。後の二人も、問題はあっても、能力が高くプロジェクトの実現に必要な人材を選んだつもりです」

「友岡さんは、香月さんの味方ですよね」

そう確認する彩羽に、友岡は静かに首を振る。

「どちらの味方でもありません。ただ、湊斗君に勝って欲しいと思う。それだけです」

彩羽は、その言葉が全てだと思った。

「私たちが——香月さんが、必ず勝ちますよっ！」

握り拳《こぶし》を作って、はっきりと宣言する。

そんな彩羽に、友岡が柔らかく微笑んだ。そして、小さく「祈ってます」と呟《つぶや》く。

「私の進退については、部長の判断にお任せします」

そう言い残して、友岡は帰って行った。

◇　◇　◇

友岡と彩羽が出て行ったリビングで、湊斗は深いため息を吐いた。

自分一人がリスクを負う覚悟で申し出た賭けだったのに、気が付けば多くの人の人生を巻き込んでしまっている。

「痛いな……」

友岡を裏切らせたのが、自分の不甲斐なさにあるとわかっているから余計に。

そして、友岡の事情に付け込んだ、伯父のやり方に強い憤《いきどお》りを覚える。

やはり、あんな人間に、トキコクを任せるわけにはいかない。

そんなことを思っていると、インターホンが鳴った。

モニターを確認すると、情けない顔をした彩羽が映っている。

「牧瀬さん⁉」

咄嗟《とっさ》に動けなかった自分に代わり、彩羽が友岡を追いかけて行ったのを思い出す。

「すみません、慌てて裸足《はだし》のまま外に出てしまって……スマホも香月さんの部屋で。……入れてもらえませんか」

しっかりしているのかいないのか。情けない声を出す彩羽に、悪いと思いながら笑ってしまう。

こんな状況で笑える自分に驚いた。

「ごめん。ロックを解除するから上がってきて」

彩羽がいてくれてよかったと思いながら、湊斗はロックを解除した。

彩羽を玄関で出迎え、濡《ぬ》れたタオルを渡した。

「すみません、ご迷惑をおかけして」

申し訳なさそうに頭を下げ、彩羽がタオルを受け取る。

「いや……こっちこそ、君に追いかけさせてしまって悪かった」

湊斗の言葉に顔を上げた彩羽は、真摯《しんし》な瞳を向けてきた。

「きっと友岡さんは、早く香月さんに気付いて欲しかったんだと思います。だから、バレるのがわかってて、私のことを香月さんに知らせてくれたんじゃないでしょうか」

「……」

それは湊斗自身も感じていたことだ。

本気で忠継側のスパイとして動く気なら、もっと上手に振る舞うことが出来たはずだ。だが彼は、随所にヒントを残して自然と自分に疑いの目が向くようにしていたとしか思えない。

友岡の真意を聞くことは出来ないけれど、彩羽の言葉に救われる。

「今日、香月さんが罪を明らかにしたことで、友岡さんは救われたと思います」

そう言って、湊斗の後悔を軽くしようとする彩羽を、抱きしめたい衝動に駆られた。

しかしそれは、彼女の部下として許されない。

「香月さん、どうかしましたか？」

彩羽が不思議そうに見上げてくる。

「ああ、いや……ストッキングが、伝線してる……と、思って」

彼女に抱《いだ》いた感情を誤魔化すために咄嗟《とっさ》に言い繕《つくろ》う。視線の先では爪先《つまさき》から脛《すね》にかけて彼女のストッキングが伝線していた。

「すみません。予備があるので、穿き替えさせてもらってもいいですか」

彩羽は恥ずかしそうに頬を染め、小さな声で申し出る。

「いいけど……もしかして、どこか怪我してる？」

湊斗は受け取ったタオルに、小さく赤い斑点《はんてん》がついているのに気付いた。

「え、あ……擦り傷です」

大したことないと微笑む彩羽は、逆にタオルを汚してしまったことを謝ってくる。

そんないじらしい彼女を再び抱きしめたくなった。

湊斗はその思いを押し殺し、彩羽に洗面所の場所を教える。

「リビングで消毒するから、とりあえず脱いできて」

「……香月さんは、変なところで過保護ですね」

有無《うむ》を言わさぬ命令に、彩羽が困ったように笑う。

「君が、心配させることばかりするからだ」

つい文句を言うと、素直に「すみません」と謝られてしまい、気まずくなる。

彩羽の行動に問題があるのではなく、自分が彩羽の心配をしたいのだ。

「彩羽が年下だから」、「自分が面倒事に巻き込んだから」と、なにかと理由をつけては、彩羽と関わっていたい。

洗面所に向かう彩羽の背中を見送りながら、湊斗はため息を吐いた。

もしかしたら、もう手遅れなのかもしれない。

年齢差とか、同じ職場とか、そんな言い訳を並べて心を堰《せ》き止めておかないといけないくらい、すでに自分は彩羽に惹かれているのだ。

◇　◇　◇

彩羽は洗面所でストッキングを脱ぎ、素足のままリビングに入った。

「座って」

ソファーを指さし、どこかから薬箱を持ってきた湊斗が促《うなが》す。

床を血で汚さないようにと気を付けて歩いていた彩羽は、促《うなが》されるまま二人がけのソファーの端に腰を下ろす。その隣に、湊斗が座ってきた。

「ごめん」

一言そう断って、湊斗が彩羽の足首を掴《つか》んで自分の膝にのせる。そうされたことで、彩羽の体が自然と湊斗の方を向いた。

ストッキングを脱いだ素肌に、湊斗の手が触れる。その感触に落ち着かなさを味わった。

彼の膝に足をのせた状況を恥ずかしく思いつつ、彩羽はスカートがめくれてしまわないように裾を押さえた。

「今日は、ありがとう」

「……え？」

彩羽の足の裏を、消毒液を含ませたコットンで拭《ふ》きながら湊斗が言う。

「友岡さんのこと、追いかけてくれて。俺には、追いかけることが出来なかったから」

あの場で湊斗が追いかけたとしても、互いに辛くなるだけだったろう。

「香月さんの出来ないことをするために、私はいるんだと思います」

「うん」

「……友岡さん、本心は香月さんを応援していましたよ」

彩羽は、友岡が社長に従いつつも陰ながら湊斗のためにと考えていたことを伝えた。

足の裏に絆創膏《ばんそうこう》を貼り終えた湊斗が、膝から彩羽の両脚を下ろす。

「わかってる。友岡さんは悪くない。……悪いのは、力のない俺だ」

湊斗も、言葉に出来ない友岡の気持ちを察しているのだろう。

「香月さんも、悪くないです……」

それしか言えない彩羽に、苦い笑みを浮かべた湊斗が「ありがとう。それにごめん」と口にした。

「はい？」

「俺は最初、君に少しも期待してなかった。社長が選ぶ部長なんて、俺への嫌がらせでしかない。正直、誰が来ても同じだと思っていた」

「そう、ですよね……」

湊斗に期待されていないのは、最初からわかっていた。

「だけど俺は、君と一緒に仕事をすることで、大事なことを教えてもらった」

「……？」

「人は完璧じゃない。だから、側で支えてくれる人が必要なんだ」

「はい」

この先、湊斗の隣にいるのが自分でないとしても、全てを一人で抱え込もうとする彼の心が、孤独に押し潰されないでいてくれるならそれでいい。

「私、少しはいい部長になれましたか？」

「ああ。最高の上司だよ」

湊斗は彩羽を見つめて、朗《ほが》らかに微笑んだ。

——憧れの王子様に、そんなふうに言ってもらえただけで十分だ。

もともと彩羽にとって湊斗は、遠くから見つめるだけの憧れの王子様で、言葉を交わすことさえないと思っていた。それが、思いがけない辞令によって、一緒に仕事をすることになっただけでも奇跡のようなことなのだ。

第一、彼には婚約者がいる。初めから恋愛など出来るはずのない相手だ。

「……よかったです」

心からそう思っているのに、彼への気持ちはどんどん育っていってしまう。

彩羽のアンティーク時計に慈《いつく》しみを持って触れてくれた湊斗。

トキコクを守るために無謀な戦いに一人で挑むくらい、仕事に対して一途な人。そして、冷たく厳しそうに見えて、自分を裏切っていた人にも優しさを忘れない人。

彼の全てが愛おしくて、気を抜くと思いが溢《あふ》れそうになる。

彩羽は、そんな気持ちを振り切るために、精一杯の笑顔で言った。

「じゃあ、香月さんの結婚式には、上司として呼んでくださいね」

「……俺の結婚式？」

彩羽の言葉に、湊斗が驚きの表情を見せる。

「……鳴海工業のお嬢さんと婚約してるって、秘書の常葉さんから聞いたんですけど」

彩羽が戸惑いつつ、圭太から聞いたばかりの話を伝えると、湊斗が盛大に顔をしかめた。

「鳴海社長からそんな話があったのは事実だけど、随分昔に断ったよ」

てっきり湊斗は婚約者と結婚するものだと思い込んでいたので、頭の中が真っ白になる。

「うそ……」

呆然とする彩羽を見つめ、湊斗が真剣な顔をして告げた。

「俺は、君が好きだ」

「……っ！」

思いがけない告白に息を呑んだ。驚く彩羽に、湊斗が苦笑する。

「君とは年齢も立場も違う。しかも……同じ会社で、同じ部署だ。それだけでも恋愛相手に選ぶには気まずいのに、君は俺の上司ときてる。いつもの俺だったら、絶対に選ばない相手だ。でも、そんなの関係ないくらい俺は君が好きになっていた」

彩羽を見つめ真摯《しんし》に伝えられる告白の言葉に、自然と口から気持ちが溢《あふ》れていた。

「私も、香月さんが好きです」

堪《こら》えきれずに零《こぼ》れた言葉に、今度は湊斗が息を呑んだ。

彩羽は、溢《あふ》れるままに自分の気持ちを言葉にする。

「一緒に仕事をして、本当の香月さんを知って、貴方のことを好きになったんです」

「俺もだよ。一緒に仕事をすることがなければ、君の強さや魅力に気付くことはなかっただろう。……君を部長に任命してくれたことだけは、社長に感謝したい」

湊斗がおどけたように肩を竦《すく》めて笑う。

「君の言うとおり、世の中は自分の手に負えないことばかりだ」

そう言って、湊斗が彩羽の頬に触れた。

「香月さん……」

「こんなに近くで君を見ていて、惹かれないわけがない」

湊斗の手が、そっと彩羽の顎《あご》を持ち上げる。

「……」

「もっと君に触れてもいいか？　触れたらきっと、手放せなくなるけど」

部長就任の辞令から、まだ半月ほどしか経っていない。なのに、随分前のことみたいに感じる。

あの時、彩羽は悪魔と契約を交わす覚悟で湊斗の手を取った。そして今、再びの選択を前に、素直に彼の求めに応じていいのかと迷いが生まれる。

けれど、それ以上に湊斗を求める強い気持ちがあった。

その時、湊斗の唇が優しく重なる。

理性ではなく、彩羽の本能に問いかけるようなキス。

自分と彩羽の違いを確かめるみたいに、湊斗は何度も柔らかく唇を重ねた。そうしながら彩羽の肩を抱いた手を背中に沿わせ、腰に回してくる。

彼の手の動きに誘われ薄く唇を開くと、湊斗の吐息が口内へと流れ込んできた。

彼の息遣いを感じて恍惚《こうこつ》とする。湊斗は彩羽の腰に回した手に力を込め、さらに強く引き寄せた。

「どうしようもないくらい、君が欲しい」

きつく抱きしめられ、耳元で囁《ささや》かれる。

熱く掠《かす》れた彼の声に、気付くと「私もです」と返していた。

この行為が正しいかどうかはわからない。それでも、どうしようもなく湊斗を求めている。彩羽はそんな自分を、愛おしく思った。

深く重ねていた湊斗の唇が離れ、首筋に移動していく。

「あぁ…………っ」

空調の整えられた部屋で感じる彼の唇は、ひどく熱い。

その艶《なま》めかしい感触に、彩羽の体がブルリと震える。それに気付いた湊斗がクスリと笑った。

「くすぐったい？」

「……っ」

彩羽が黙っていると、湊斗の唇が大胆に彩羽の肌を食《は》んでいく。

熱く湿った唇が、耳たぶから首筋を滑る。時折触れる唾液に濡《ぬ》れた舌が、熱を帯びているのがわかった。

この先に待つ行為を予感して、体の奥からゾクゾクとした甘い痺《しび》れが湧き上がる。

彩羽の首筋から顔を上げ、心の内側を覗《のぞ》き込むみたいに湊斗が見つめてきた。

仕事の時に見る彼とは明らかに違う、どこか野性的な男の顔をした湊斗に緊張する。

「いい？」

己《おのれ》の欲望を隠さない湊斗に再び問われ、考えるより先に頷いた。

拭《ぬぐ》いきれない不安はあるけれど、好きな人に求められて拒《こば》めるはずがない。

彩羽がもう一度はっきりと頷くと、湊斗の唇が再び彩羽の首筋に触れた。

さっきよりもしっかりと、耳の付け根から首筋にかけて湊斗の舌が動く。まるで彩羽の肌を味わうように、何度もそこを往復していった。

熱く湿った舌が動く感触に、彩羽の体の奥が甘く疼《うず》く。

「ううんッ……」

彩羽の口から思わず声が漏《も》れる。鼻にかかった甘い声に気をよくしたのか、湊斗の唇がさらに彩羽の肌を求めて蠢《うごめ》いた。

「牧瀬さんは、甘い匂いがするね」

「ん、香水……のせいだと思います……」

微《かす》かに唇を離した湊斗が囁《ささや》く。湿った肌に彼の息遣いを感じて、くすぐったさに首を竦《すく》める。

そんな彩羽に構わず、湊斗が再び首筋に顔を寄せた。

「それに、甘くて美味《おい》しい」

そう言って、何度も彩羽の肌に舌を這《は》わせてくる。

今日一日、慌ただしく過ごして汗をかいているのに、肌が甘いなんてあるはずがない。

「気のせいです……」

汗を意識した途端、急に彼に触れられるのが恥ずかしくなった。

それを伝えたくて湊斗の胸を軽く押すのだけど、逆に押さえ込まれて身動き出来なくなる。

最初は首筋を辿《たど》るだけだった唇が、耳の裏側や耳孔までも唾液で濡《ぬ》らしていく。

湿った舌の感触と一緒に、ゴソゴソと鼓膜をくすぐる彼の息遣いに、堪《たま》らず首を竦《すく》めて背中を反《そ》らした。その直後、彩羽はソファーの上に押し倒される。

「あっ」

湊斗は彩羽に覆《おお》い被さり、ブラウスのボタンを上から外していく。そうしながら、露《あら》わになった鎖骨に唇を這《は》わせ、ブラウス越しに彼女の胸の膨らみに触れた。

直接でないとはいえ、湊斗の大きな手で胸を揉《も》まれていると思うと、どうしようもない恥ずかしさが込み上げてくる。

「やっ…………ぁっ」

優しく、胸の形を確かめるみたいな動きが、彩羽の羞恥心《しゅうちしん》を煽《あお》ってきた。

居たたまれずに、湊斗の下でもがくけれど、彼の体はびくともしない。それどころか、湊斗の左手で両手首を掴《つか》まれ、頭上で一つに纏《まと》められてしまう。

のしかかられた上、腕まで拘束されてしまっては、抵抗のしようがない。

湊斗は空《あ》いている右手で、彩羽の胸をいじる。

しばらく布越しに彩羽の感触を楽しんでいた湊斗は、おもむろに彩羽のブラウスのボタンを全て外した。背中に回した手でブラジャーのホックを外し、一気に胸の上までたくし上げる。

気付くと湊斗の眼前に、彩羽の裸の胸が晒《さら》されていた。

自分の胸に向けられる湊斗の視線が恥ずかしくて堪《たま》らない。

「……っ！」

あまりの恥ずかしさから目を閉じると、湊斗の唇が胸に触れた。

緩《ゆる》やかに膨らむ彩羽の胸に、直接彼の唇を感じて彩羽は息を呑んだ。

湊斗は右手で左胸を押し上げつつ、右の乳房に舌を這《は》わせる。

彼の舌は、唾液の筋を残しながら敏感な肌を辿《たど》っていった。

唾液に濡《ぬ》れた肌がエアコンの風に触れて、ゾクゾクする。

「やっぱり甘い」

そう言って、湊斗は執拗《しつよう》に彩羽の肌に舌を這《は》わせた。

肌に唾液の筋を作っていた舌が、ふと彩羽の胸の頂《いただき》に触れる。その瞬間、彩羽の体がピクリと跳ねた。

「んっ！」

ヌルリとした舌で乳首を舐《な》められると、甘い痺《しび》れと共に体が震える。

湊斗はそんな彩羽の反応を楽しむように、唇や舌で彼女の胸を味わう。

前歯で乳首を甘く噛まれたり、舌でこね回されると、体の奥から熱が湧き上がる。

さらに、胸の頂《いただき》を深く口内にくわえ込まれ、強く吸われた。その刺激に、甘い熱がじわりじわりと体の奥を疼《うず》かせる。

彼に求められて嬉しいのに、体に溜まっていく熱が怖くなった。それに、汗で汚れた肌を舐《な》められていることも、堪《たま》らなく恥ずかしい。

自分の感情を持て余し、体を強張《こわば》らせる彩羽に、湊斗が顔を上げた。

「俺に触られるのは嫌？」

――嫌ではない。

だけど、自分の中の矛盾した感情を、湊斗に上手《うま》く伝えられない。

迷った末に、言葉にしやすいことを口にした。

「汗をかいてるから……」

すると、湊斗の体が彩羽の上から離れた。

「じゃあ、続きはシャワーを浴びながらしようか」

そう言って笑みを浮かべる湊斗を、ポカンとして見つめる。

「えっ？」

言われたことを理解する前に、ソファーから下りた湊斗に手を引かれた。

促《うなが》されるまま歩いていくと、湊斗はさっきストッキングを脱ぐ時に借りたパウダールームへと彩羽を導いていく。

「あの……」

「汗をかいた肌が気になるんだろう？」

湊斗は躊躇《ためら》うことなく着ていたシャツを脱ぎ捨てる。いきなり、目の前に筋肉質な上半身が晒《さら》されて彩羽は息を呑んだ。

いつも細身なスーツを着ている湊斗だが、華奢《きゃしゃ》な感じは一切なく、程よく引き締まった体つきをしていた。鍛《きた》えられた胸筋と、綺麗に割れた腹筋。

思わず彼の体に見惚れているうちに、その他の着衣も脱ぎ捨てられていく。あっという間に全裸になった彼の下半身では、すでに肉竿が反応を見せていた。

「……っ!!」

湊斗の興奮を目《ま》の当たりにし、目のやり場に困る。

早すぎる展開に戸惑い視線を彷徨《さまよ》わせる彩羽を、湊斗がそっと抱き寄せた。

それにより、熱く張りのある彼の肌を直《じか》に感じる。

「あの……一緒に、ですか？」

湊斗の胸に頬を埋《うず》めながら確認すると、湊斗が頭にキスをした。

「待っていられる自信がないから」

そう言いながら、彩羽の肩を撫でてブラウスやブラジャーを脱がしていく。彼はそのまま彩羽の腰に手を回し、スカートのホックを外した。

途中までファスナーを下ろした湊斗がスカートから手を離すと、スルリと彩羽の腰を滑り落ちていく。そして、最後に残された彩羽のショーツに湊斗の手が触れた。

左手で彩羽の腰を支え、もう片方の手でショーツの上から尻を撫でる。肉付きの悪い彩羽の尻に指を食い込ませ、自分の体に彩羽を密着させた。

「あっ……」

動揺する彩羽の耳元に顔を寄せ、湊斗がからかうように囁《ささや》く。

「濡《ぬ》れてるよ」

「――っ！」

自分の反応を指摘されると恥ずかしさが込み上げる。

羞恥《しゅうち》で体を強張《こわば》らせる彩羽を抱きしめ、湊斗がショーツの中へ指を滑り込ませてきた。

彼の長い指が、彩羽の茂《しげ》みをくすぐるようにしながら、潤《うる》んだ蜜口を探ってくる。

「あぁ……ぁっ」

湊斗の指が動く度に、ヌルリとした感触が彩羽の肌に伝わる。

「わかる?」

彩羽の表情を確認しながら、湊斗が指を動かす。蜜を纏《まと》って粘つく指が、窮屈《きゅうくつ》そうにショーツの中を蠢《うごめ》いた。その時、敏感になっている蕾《つぼみ》を彼の指が掠《かす》める。たちまち、強い刺激が彩羽の背筋を走った。

「んっ……あ……」

背中を反《そ》らし、体を離そうとするのだけど、しっかりと腰を捕らえている湊斗の腕がそれを許してくれない。

彼は彩羽の反応を楽しむように、同じ場所を何度もなぞる。その度に、彩羽はビクビクと体を跳ねさせた。直後、湊斗の指が彩羽の中に沈み込んでくる。

「あ、あ、あ………やぁ……ぁっ……」

ゆっくりと沈んでくる指の感触に彩羽は天井を仰いで喘《あえ》ぐ。露《あら》わになった首筋に、湊斗は首を傾け唇を這《は》わせてきた。

湊斗の二本の指が、媚肉の襞《ひだ》を押し広げ、探るみたいに彩羽の中で蠢《うごめ》く。さらに、首筋の内側の複雑な襞《ひだ》を指で探られる感触に、体の奥がジンジンと痺《しび》れる。薄い皮膚を熱い舌で撫でられ頭がボーッとしてきた。

指で彩羽の中を掻き回していた湊斗が、唇を彩羽の胸元へ下げていく。熱い口腔《こうこう》に胸の先端を含まれ、舌で愛撫《あいぶ》されると、膝がカクカクと震えてきた。湊斗に支えられていなかったら、その場に崩れていたかもしれない。

ビリビリとした痺《しび》れが全身を貫き、彩羽が達しそうになった瞬間、湊斗の指が中から抜き取られた。

「……っ」

快楽が込み上げるのを中断されてしまい、肌が切なさを覚える。

そんな彩羽の表情を観察しながら湊斗が言う。

「続きは後で。……洗ってあげるからおいで」

中途半端に昇り詰めた体を持て余しながら、彩羽が小さく頷く。湊斗はすっかり蜜に濡《ぬ》れてしまったショーツを脱がせて、彩羽をバスルームへ誘った。

バスルームに入った湊斗は彩羽の体をシャワーで流してから、ボディーソープを泡立てた。ふわっと柑橘《かんきつ》系の爽《さわ》やかな香りが満ちていく。

「えっと、自分で……あぁっ」

背後から彩羽を抱きしめ、湊斗が彩羽の胸を揉《も》みしだくようにして泡を擦りつけてくる。

泡を纏《まと》った指で膨らみを強く掴《つか》まれるが、すぐにスルリと滑って外れた。湊斗は楽しむように、何度か同じ動きを繰り返す。

その動きが艶《なま》めかしく、彩羽は切ない息を吐いた。

「硬くなってきた」

耳元で囁《ささや》く湊斗が、彩羽の胸の尖端を指で挟んだ。

さっき散々舌で転がされた乳首は、敏感に刺激を受け止めてしまう。

「――んっ！」

胸を起点にチリリとした痛みが体を突き抜け、彩羽は咄嗟《とっさ》に腰を引いた。

すると、臀部《でんぶ》に硬く膨張した湊斗の熱を感じて身を強張《こわば》らせる。その間に、湊斗の手が彩羽の下半身へと滑り落ちていった。

「あっ」

腰のくびれを撫でるように下がっていく彼の手が、脚の付け根を押し広げ、彩羽の深い部分に触れる。

指で花弁を押し広げられると、それだけで体の奥がジンッと疼《うず》いた。

「すごくヌルヌルしてる」

彩羽の割れ目を撫でる湊斗が、背後から耳元に顔を寄せて囁《ささや》く。

――わざわざ、言葉で確認してこなくてもいいのに。

すごく恥ずかしいのに、彼の言葉に刺激されて彩羽の奥からさらに蜜が溢《あふ》れ出た。

「んっ……………そ、それは……っ」

ずっと焦《じ》らすような愛撫《あいぶ》を続けられているせいだ。

彩羽が拗《す》ねた声を上げる。

「それは悪いことをした」

そう言って微笑んだ彼は、彩羽の中に指を沈めてきた。

「あぁぁっぁっ」

しばらく蜜口の浅いところをいじっていた指が、徐々に深く沈み込んでいく。ぬるつく指でぐるりと中を擦られた瞬間、彩羽の腰に蕩《とろ》けそうな痺《しび》れが走った。

立ったままの行為では、上手《うま》く刺激をやり過ごすことも出来ない。彩羽はじわじわと高まる快感に切なくなる。

しかもソープで滑る指は、通常のそれとは違う刺激を彩羽に与えた。蜜とソープでとろとろにされた膣壁を湊斗の指で擦られ、それだけで達してしまいそうになる。

「あぁっぁっぁあっ……やっ、香月さんっ……！」

彩羽は湊斗の腕にしがみつき、込み上げてくる快楽を必死にやり過ごそうとする。

「湊斗でいいよ」

「……っふぁっ？」

「だから俺も、二人の時は、名前で呼んでいい？」

熱に浮かされながら、湊斗の言葉にこくこくと頷く。

「あっゃぁあっ！　はぁっ……湊斗さ……んっ！」

直後、赤く膨らんだ肉芽をヌルリと刺激されて、腰から崩れ落ちそうになった。

けれど彼は、容赦なく指の腹で敏感な部分を擦り続ける。突き上げてくる快感が苦しくて、彩羽は無意識に自分を翻弄《ほんろう》する人の名前を繰り返す。

「……っ‼」

一際大きく湊斗の名前を呼んで脱力した彩羽の腰を、湊斗が力強く抱えた。

「イッた？」

息を乱し、恥ずかしさに頬を染めた彩羽が頷く。

湊斗は濡《ぬ》れた首筋に口付けを落としながら耳元で「彩羽」と囁《ささや》いた。

「……っ」

彼に名前を呼び捨てされただけで、達したばかりの彩羽の肌が切なく疼《うず》く。

湊斗はそんな彩羽の体を支え、シャワーのお湯で二人の肌についた泡を流していった。

最初は少し熱く思えたお湯が、興奮した肌にはほどよい温度に感じる。

「続きはベッドでしょう」

湊斗からそう宣言され、彩羽の肌に熱が蘇《よみがえ》ってきた。

「今すぐ……ですか？」

「それとも、このままここでしていい？」

髪や首にキスをされながら聞かれて、慌てて首を横に振る。指だけでも狂おしいほど感じてしまったのに、それ以上のことをされたら立っていられる自信がない。

「じゃあ、ベッドに行こうか」

そう宣言するなり、湊斗は腰に回していた腕をそのままに彩羽の脚を膝下から掬《すく》い上げる。

「えっ！　あっ！」

ふわりとした浮遊感に驚く。気付くと、湊斗にお姫様抱っこされていた。

「やっ、重いから。湊斗さん、下ろしてください！」

あられもない姿で抱き上げられていることが恥ずかしくて、彩羽は湊斗の腕の中でもがく。

「重くなんかないよ」

湊斗が愛おしげに囁《ささや》く。彼は彩羽の希望を聞き入れるつもりはないらしく、涼しい顔で彩羽を抱く腕に力を込めた。

成人女性としてそれなりに体重があるはずの自分を、軽々と抱き上げる湊斗の腕力に驚く。

湊斗はパウダールームにかけてあったバスタオルを彩羽の体に被せると、そのまま廊下を進み突き当たりにある部屋へ向かった。

彩羽を抱きかかえたまま器用にドアを開き、薄暗い部屋へ入って行く。

照明は点いていないが、大きな窓から淡く街の光が差し込み、部屋の中央に置かれたベッドをぼんやりと浮かび上がらせている。

「彩羽、愛している」

彩羽をそっとベッドに下ろし、湊斗が囁《ささや》く。それだけで、彩羽の体に火が灯《とも》る。

「私もです」

そう返すと、彩羽の上に覆《おお》い被さった湊斗が「私もなに？」と、彩羽の気持ちを言葉で確認してきた。

「愛してます」

彩羽が思いを言葉にする。嬉しそうに微笑んだ湊斗は、彩羽の胸に手を置き優しく揉《も》みしだく。その艶《なま》めかしい感触に、緊張してしまう。

「大丈夫だから、体の力を抜いて」

湊斗が優しく囁《ささや》いた。その言葉に従い彩羽が体の力を抜くと、湊斗は強弱をつけながら胸を揉《も》み、すでに硬くなっている先端に唇を寄せる。

口に含まれ、舌でコロコロと転がされると、彩羽の体が跳ねた。

「…………はぁっ…………………あっん」

甘く喘《あえ》ぐ彩羽に気をよくしたのか、湊斗はさらに淫《みだ》らに彩羽の肌を舌で嬲《なぶ》っていく。

「あぁ…………っ！」

湊斗のねっとりとした舌遣いに、肌がざわりと震える。甘い衝動が、再び体の奥から込み上げてきた。彩羽がもどかしげに腰をくねらせると、湊斗の手に腰を捕らえられる。肌に強く食い込む指に、彼の抑えきれない欲望を感じた。

「いい？」

湊斗に問われ、コクリと頷く。すると湊斗の指が、蜜を滴《したた》らせる彩羽の花弁を優しく撫でた。

「──あっ」

十分に快感を得ている花弁は、湊斗の指が触れると、クチュリと卑猥《ひわい》な蜜音を立てて花開く。

硬く膨らんだ肉芽に触れられ、全身を走る淫《みだ》らな痺《しび》れに彩羽はシーツを掴《つか》んで背中を反《そ》らせた。

「はぁぁっっっ」

湊斗が指を滑らせる度に、クチクチと淫靡《いんび》な音が聞こえてくる。

自分の体から聞こえる音が恥ずかしくて、彩羽は脚を擦り合わせようとする。それを、湊斗の手が阻《はば》んだ。

「やぁ――っ」

無意識のうちに彩羽の喉から出た弱々しい声。それは、彼の行為を制止するというより、さらなる刺激をねだる響きがあった。

その直後、湊斗が上半身を起こし、ベッドサイドに置かれているチェストから避妊具を取り出して装着すると、彩羽の太腿を掴《つか》んで一気に自分の屹立《きつりつ》を沈めてくる。

「……あっ、イヤ…………っぁ」

「やじゃないよ。彩羽の中、すごく熱く濡《ぬ》れている」

ゆっくりと腰を揺らしつつ湊斗が熱く囁《ささや》いた。

十分にほぐれて敏感になっている媚肉を、湊斗のもので擦られる。その感触に淫《みだ》らな痺《しび》れが背筋を走った。

「ハァ……あっ…………くぅっ」

彩羽は目を細め、潤《うる》んだ瞳で湊斗を見上げる。すると、自分の表情をじっと見つめる湊斗と目が合った。

甘い声を漏《も》らす彩羽の額《ひたい》に口付け、湊斗は徐々に激しく腰を動かし始める。

角度を調節しながら腰を動かされると、粘り気のある水音を立てて敏感な肉襞が擦れる。その感覚に、彩羽は堪《たま》らず背中を反《そ》らせた。

「あぁっ……！」

彩羽が甘ったるい声を上げると、体の中で湊斗のものがピクリと跳ねた。その反応が、さらに彩羽を刺激する。

最初、ゆっくりだった抽送《ちゅうそう》は、彩羽が身悶《みもだ》え腰をくねらせる度に、激しさを増していく。怖いほど情熱的に彩羽を求める湊斗が、彼女の全身を支配していった。

「くっ……ああ、んっ」

シーツの上で踵《かかと》を滑らせ、彩羽が喘《あえ》ぐ。

そんな彼女の様子に、湊斗はさらに激しく彩羽の中を突き上げてくる。

腰を激しく打ち付け、湊斗が苦しげに喉を鳴らした。

「くっ……」

激しく中を蹂躙《じゅうりん》する湊斗の欲望が、彩羽を高みへと追い詰める。

「はぁ、湊斗……さん、もう……」

「んぅ…………ふぁっ」

彩羽が「無理」と言うより早く、湊斗の唇が彩羽の唇を塞《ふさ》いだ。

「くうっ…………」

重ねた唇から、湊斗の息と舌が忍び込む。

ヌルリとした舌に口内を探られ、肌がざわりと粟立《あわだ》った。息を乱しながら必死に湊斗のキスに応《こた》えるが、次第に息苦しくなってくる。すがるように湊斗の背中に腕を回すと、強く抱きしめられた。

まるで、初めから一つの塊《かたまり》だったようにぴたりと体が密着する。

執拗《しつよう》に繰り返されるキスに堪《たま》らなくなって、彩羽は湊斗から口を離した。

「はっ、だめ……なにかきちゃう……」

喘《あえ》ぐ彩羽に、湊斗は恍惚《こうこつ》の表情を浮かべてさらに激しく腰を動かす。

「いいよ。彩羽、俺も……」

キュッと収縮する肉壁を限界まで膨張した肉棒で擦り上げられた。

彩羽の中で、もう耐えられないという思いと、もっと続けて欲しいという思いが交差する。

直後、意識が白く弾けるような感覚に背中を弓なりに反《そ》らした。

「あぁっ！」

一際高く細い声を上げ、彩羽は達する。そして、同じタイミングで絶頂を迎えた湊斗が、彩羽の中で欲望を吐き出したのがわかった。

5　再始動

目が覚めた彩羽は、部屋に差し込む日差しの眩《まぶ》しさに眉を寄せた。

やけに部屋全体が明るい。不思議に思って周囲を窺《うかが》うと、自分の体に腕を絡《から》める湊斗の姿が目に入った。

「――っ！」

なんと、彩羽は湊斗の腕を枕にして寝ていたのだ。しかも、一糸纏《まと》わぬ姿で脚を絡《から》め合っている。掛け布団から覗《のぞ》く素肌に、朝日が惜しみなく降り注《そそ》いでいた。

その眩《まぶ》しさに思わず目を細めた彩羽は、明るさの理由に気付く。

――この部屋、カーテンがないんだ。

正しく言えば、一応カーテンはある。ただ、高層階のため隣接するビルがなく、周囲からの視線を気にする必要がないからか、天井まで伸びる高い窓には薄いレースのカーテンだけがかけられていた。

すごくどうでもいいことで、湊斗との生活環境の違いを実感してしまい、彼と一夜を過ごしたことが夢みたいに思えてくる。

――夢なら、どうか覚めませんように。

そう祈りながらそっと彼に頰を寄せる。すると、湊斗がもそりと動き瞼《まぶた》を開けた。

「起きた？」

掠《かす》れた声で湊斗が言う。

「はい」

微《かす》かに頰を染めて頷く彩羽を、湊斗が強く抱きしめた。

「……ふぅっ」

情熱的な抱擁《ほうよう》に彩羽が身じろぎすると、名残惜《なごりお》しそうに腕の力を緩《ゆる》められる。そして代わりと言わんばかりに、口付けされた。

「ん……香月さん……」

「湊斗でいいよ」

そう言って微笑んだ湊斗が、彩羽に今日の予定を聞いてくる。

時間の都合が合えば五十嵐の店に行こうと思っていたが、明確な約束はしていない。平日の方がサービス業の五十嵐は時間が取りやすいと思うので、月曜日に連絡すればいい。頭の中で、そう算段をつける。

「今日は、特に予定はないです」

彩羽が微笑んで言うと、湊斗に再び抱きしめられた。

「じゃあ、もうしばらくこうさせて」

「……はい」

求められるまま彼の胸に頬を寄せその温もりに甘えていると、湊斗が「これからどうしようか？」と、呟《つぶや》くように言う。

「これから……もちろん、バルゴ販売を軌道に乗せます。友岡さんも含めた新規開発販売促進部全員で賭けに勝って、社長に実績を認めさせます」

そう宣言する彩羽を、湊斗が笑う。

「違うよ。今日、これから君となにをして過ごそうか相談したんだ」

「え、あ……すみません」

早とちりしてしまった自分が恥ずかしい。

赤くなって俯《うつむ》く彩羽の額《ひたい》に、湊斗が口付ける。

「ありがとう。友岡さんのこと、諦めないでくれて」

「当たり前です」

同じ部署の仲間なのだから、簡単に諦められるわけがない。

「さすがに手に負えないって、投げ出したくなっているんじゃないかって心配した」

そんなふうに話す彼の口調は、彼が本心ではそう思っていないと伝わってくる。

彩羽ならこれくらいのことで投げ出したりしないという、湊斗からの信頼がくすぐったい。

「世の中、手に負えないことだらけですけど、それを努力しない理由にするのは違うから」

彼を見上げて微笑む彩羽を眩《まぶ》しそうに見つめ、湊斗が力強く宣言する。

「みんなのために、勝ちに行こう。バルゴを軌道に乗せて誰が見ても納得できる結果を出し、現社長から経営権を引き継ぐ。そうして、トキコクを百年先に続く企業へと育てていくんだ」

「はい」

賛同する彩羽の顔を湊斗が覗《のぞ》き込んできた。

「でも、この週末は、君のことだけを考えて過ごしたい」

いきなり甘くなった声に、彩羽は息を呑む。

別世界の存在のように感じていた湊斗に、急にそんなことを言われて頭の中が真っ白になった。

湊斗はそんな彩羽に気付くことなく、週末二人でなにをして過ごしたいか尋ねてくる。

「君と一緒に過ごせるなら、なんでもいいよ。どこか行きたい場所はない？」

「……それなら、み、湊斗……さんの、昔の話を聞かせてください」

彼のことをファーストネームで呼ぶことはまだ慣れない。

恥ずかしそうに名前を呼ぶ彩羽に、湊斗が不思議そうな顔をする。

「俺の昔の話？」

「はい。私の知らない湊斗さんのことが知りたいです」

「そんなことでいいの……？」

「え……」

——これは変なお願いなのだろうか……

不安を感じる彩羽に、湊斗がふわりと微笑んだ。

「いいよ。その代わり、俺にも、彩羽の思い出話を聞かせて」

「私の……ですか？」

平々凡々と生きてきた彩羽は、毎日が取るに足りない日常の繰り返しだ。これといった思い出話など浮かんでこない。そう説明すると、湊斗に首を振られた。

「平々凡々とした日常が積み重なって、今の彩羽が作られたんだろう。ならそれは、取るに足りないなんてことはない」

そう断言してくる湊斗に胸が温かくなる。

そうして彩羽は、湊斗とたくさんの話をして週末を過ごした。

◇　◇　◇

月曜日。彩羽がオフィスに入ると、先に来ていた桐子と水沢が「おはようございます」と、声をかけてきた。

二人と、すでに仕事を始めている湊斗に挨拶《あいさつ》をし、自分のデスクに腰を下ろす。

――なんだかやっぱり気まずい……

一度着替えを取りに自宅に戻ったが、週末はずっと湊斗のマンションで過ごした。そして、一緒に出ればいいと言う湊斗の申し出を断り、わざと時間をずらして出勤したのだ。

職場恋愛の経験がない彩羽には、甘い時間のすぐ後に平然といつもどおり振る舞うという芸当は難しい。

だからといって、引き続き問題を抱えている現状で湊斗との関係を公《おおやけ》にするのは気が引ける。

思いを告げたことに後悔はないが、公私の距離の取り方に慣れるにはまだ少し時間がかかりそうだ。

彩羽がため息を吐き、デスクに置いてあった書類を手にすると、桐子が声をかけてきた。

「あ、部長。それ確認して欲しいんですけど」

言うなり、水沢と一緒に彩羽の席まで歩み寄ってくる。

彩羽が二人から新しく来た取材の申し込みについて説明を受けていると、友岡が姿を見せた。

「友岡さん」

思わず名前を呼んでしまう彩羽に、友岡が深く頭を下げて挨拶《あいさつ》する。

「おはようございます。部長」

「おはようございます。今日もよろしくお願いします」

言葉に出来ない思いを込めて声をかけると、友岡が微《かす》かに微笑んだ気がした。

彼は皆の集まっているデスクへと歩み寄り、水沢に鞄《かばん》から取り出した冊子を渡す。

「これ、水沢君が好きそうだと思って」

そう言うと、友岡はホワイトボードに外出と行き先を書き込み「一件、挨拶《あいさつ》に行きたい会社があります」と、部屋を出て行った。

「なんだろ？」

渡された冊子を、水沢がぱらぱらと確認している。

すぐ側にいたこともあり、彩羽も一緒にそれを見ていると、機械部品のパンフレットなのか、ライトアップされた歯車の写真が目に飛び込んでくる。

「近く横浜《よこはま》で行《おこな》われる精密機械専門の展示会のパンフレットですね。これは去年のものみたいですけど」

中を確認した水沢が言う。

――なるほど確かに、技術畑の水沢が好きそうな展示会だ。

すると、近付いて来た湊斗が「ちょっといい？」と、水沢からパンフレットを受け取る。

パラパラとページをめくっていた湊斗が、小さく息を呑んだ。

「……あぁ、そうか」

「どうかしたんですか？」

急に様子の変わった湊斗に水沢が声をかける。

「この展示会に出展するのは、主に精密機械を製造販売する企業と、その仲卸《なかおろし》を担《にな》う業者だけど、見に来るのはそれを必要とする製造業者だけじゃない。精密機械が好きな一般人も含まれる。俺たちが広告展開しているファッション雑誌や経済情報誌を普段見ない人でも、ここで実物のバルゴ・オービットを見たら興味を示してくれるかもしれない。そこから新たな販売ルートが開ける可能性もあるんじゃないか？」

湊斗の言葉に、桐子や水沢の表情も変わった。

「展示会開催まであと一ヶ月……今からでも出展の申し込みは出来るのかしら？」

パンフレットを受け取った桐子が、そのままパソコンを操作し始める。水沢も桐子の後ろから画面を覗《のぞ》き込む。

湊斗は、友岡が出て行ったドアに向かって頭を下げた。

——友岡さんにとって、これが精一杯の協力の仕方なんだ。

忠継を裏切ることは出来ないけど、彼なりにバルゴの認知度を上げるための手立てを考えてくれている。それをこんな形で提案してくれたのだ。

湊斗に倣《なら》って、彩羽もドアに向かってお辞儀をした。

◇◇◇

その日の午後、とある会社の応接室に案内された彩羽は、緊張した面持《おもも》ちで自分の隣に座る湊斗のスーツの裾を引っ張った。

「鳴海工業の社長さんって、どういう方なんですか？」

小声で尋ねる彩羽に、心持ち顔を寄せた湊斗が「ビジネスに厳しい人」と、返してくる。

たちまち彩羽の緊張が増した。

友岡のヒントで展示会の出展を思いついたが、代表を務める会社に問い合わせたところ、すでに受付が終了していた。これまでに参加経験のない時計メーカーということもあり、話をしようにも受付終了の一点張りで取り付く島もなかった。

諦めるしかないという空気が漂《ただよ》う中、湊斗は出展企業に鳴海工業の名前があることに気付き、直接社長に連絡を取った。

すると鳴海工業の社長は、湊斗も来るのであれば時間を取ってもいいと言ってきた。

忙しい企業のトップが、電話したその日に面会の時間を設《もう》けてくれたのは、それなりの目的があってのことだろう。

湊斗が断ったという縁談は、鳴海社長が湊斗を気に入ってぜひと申し込んだものだったという。そんな人が、湊斗に来るよう言ってきたことに、ついあれこれと勘ぐってしまう。

「大丈夫だよ。鳴海社長は優れた経営者であると同時に、日本の工業技術向上のために尽力してきた人だ。バルゴの品質を理解してもらえれば、協力してくれるはずだ」

緊張で硬くなる彩羽に、湊斗が微笑んだ。

「……はい」

「ほら、そんな顔しないで、リラックスして」

ポンポンと背中を叩かれ、後ろ向きになりそうな心を切り替える。

――そうだ、私は部長として仕事をしに来たのだ。

「すみません。バルゴの良さをわかってもらえるよう、精一杯頑張りますっ！」

彩羽は自分で自分の頬を叩き、気合を入れる。

その時ノックの音がして、応接室のドアが開いた。

「お待たせして申し訳ない」

そう軽い口調で詫《わ》びながら入ってきた男性は、背が高くスポーツでもしているのか体格がいい。白髪《しらが》の目立つ髪と頬の深い皺《しわ》を見ると、それなりに年齢を重ねているのだろう。けれど、姿勢のよさとエネルギッシュな雰囲気がそれを感じさせない。

――この人が鳴海社長……

自然と醸《かも》し出される風格から、紹介されるまでもなく彼が鳴海工業の社長本人なのだとわかる。

湊斗が立ち上がり「ご無沙汰しております」と、一礼する。彩羽もその動きを追いかけるように、立ち上がって一礼した。

そのまま名刺を取り出そうとする彩羽の動きを制した鳴海社長は、二人に笑顔で着席を勧める。彼の視線は、湊斗だけに向けられていた。

「お忙しいところ、今日はお時間をいただきありがとうございました」

「お祖父《じい》様の葬儀以来だね。あの後、色々あったことは聞いているよ」

湊斗へ穏やかに言葉を返した後、鳴海社長がやっと彩羽の方に視線を向けた。

「で、こちらのお嬢さんは？」

「現在の私の上司です」

彩羽に探るような視線を向ける鳴海社長へ、湊斗が答える。

すると鳴海社長が「ああ……」と、頷いた。

「若き女性部長の就任会見の記事は拝見しましたよ。だが、着飾った若い子というのは、誰も同じに見えてしまってね」

失礼しました、と笑いながら軽く頭を下げる鳴海社長だが、その目は笑っていない。

——私のことを、試《ため》しているんだ。

部長就任の記事を読んでいるのであれば、この状況で湊斗の上座に座っている彩羽が、その若き女性部長とすぐに察しがつくはずだ。

それなのに、あえて名刺交換を断り、湊斗に誰か聞いてくるというのは、彩羽の存在を認めていないという彼の意思表示なのだろう。

彩羽が唇を固く結ぶと、さらに反応を探るように鳴海社長が湊斗に向かって口を開いた。

「トキコクさんも、新体制になって面白いパフォーマンスに打って出ましたね。女性向けの時計を宣伝するために、平凡な若いお嬢さんを管理職にする。……確かに今の時代、下手《へた》なタレントを使って宣伝するより、メディアに取り上げてもらいやすいかもしれない。だがその子守を、香月君に任せるのはいただけないな。……君にはもっと相応《ふさわ》しい仕事があるだろうに」

「……」

困ったように笑う湊斗に、鳴海社長は言葉を続ける。

「お祖父様《じい》がご健在だった頃の、技術と歴史に裏打ちされた信頼出来る品質提供を、というコンセプトからは随分外れてしまったが、これも時代の流れというものかね？」

湊斗にそう問いかける鳴海社長は、不意に表情を改め「そんな会社、もういる価値などないのでは？」と言った。

湊斗の隣で、彩羽は俯《うつむ》き膝の上できつく拳《こぶし》を握る。

鳴海社長は暗に、今のトキコクを捨てて、自分のところに来てはどうかと湊斗を誘っているのだ。

彼の言うとおり、身の丈に合わない彩羽の肩書きは、現社長忠継の策略があってのことだ。しかもこの肩書きは、宣伝パフォーマンスなどではなく、湊斗を陥《おとし》れるための道具として利用された。

彩羽に鳴海社長の態度を怒る権利はない。だが、自分のせいで、バルゴが正当な評価を受けられないのは辛い。

「お言葉を返すようですが……」

息を大きく吸い込み、心を落ち着かせてから彩羽が口を開いた。

「前社長の目指したトキコクのコンセプトは、今も社員に受け継がれています」

彩羽が発言した瞬間、値踏みするような視線が向けられる。

「見るからに世間知らずなお嬢さんである貴女が、なにを根拠に？」

遠慮のない鳴海社長の言葉に臆することなく、彩羽は彼を見つめて言葉を続けた。

「私が今日、鳴海社長にお会いしている。それが証拠です」

「……？」

「鳴海社長から見たら、確かに私は世間知らずの未熟者です。ですが、社会人として最低限の常識ぐらいは持ち合わせています。お忙しい社長に時間を作っていただく以上、なんの価値もないものを持ってきたりはしません。ただの事務員でしかなかった私が、胸を張ってここに来られる。それだけ自信のある商品を作れるのは、前社長のコンセプトを受け継いだスタッフだけです」

彩羽個人では、世界的精密機器メーカーの社長に時間を取ってもらうことなどできない。

それを可能にしたのは、湊斗や友岡や拓海など、前社長の遺志を継ぎバルゴを世に出したいという強い志《こころざし》を持った人たちがいたからだ。そして、そうした思いに触れた彩羽や、桐子や水沢など多くの人間を突き動かすくらい、バルゴは素晴らしい時計なのだ。

――どうかそのことを正しく評価してください。

祈るような思いを込めて見つめる彩羽に、鳴海社長が苦笑まじりに息を吐いた。

「なるほど。無知の知というやつですかな？　ただのお嬢さんにしか見えない貴女に、それだけの自信を与えたのであれば、相談したいという商品の品質は確かなのかもしれませんね」

では話を伺《うかが》いましょう、と姿勢を正す鳴海社長が彩羽に向かって微笑む。

「その前に、名刺をいただけますかな？」

隣でじっと事の成り行きを見守っていた湊斗が、ホッと息を吐くのがわかった。

以前湊斗が、ビジネスの場において「相手にナメられたら負け」と、話していたことを思い出す。

――よかった。これでバルゴの話を聞いてもらえる！

そのことに安堵の息を漏《も》らしつつ、彩羽は名刺交換後、早速商品説明を始めた。

◇　◇　◇

鳴海社長との面会を終えた日の夜、仕事を終えた彩羽は一人で五十嵐の店を訪れていた。

あれ以来、彩羽は定期的に五十嵐の店で美容術の指導を受けている。と同時に、値引きの条件であるネット配信のための動画を撮影していた。今日の指導内容は、簡単に出来る髪の手入れ方法と聞いている。

「ねえ知ってる?」

彩羽の髪を櫛《くし》ですく五十嵐が、猫撫で声を出した。

「はい?」

鏡越しに背後の五十嵐と視線を合わせると、なんだか悪巧みでもしていそうな顔で、つい身構えてしまう。

五十嵐はそんな彩羽の反応を面白がりながら、耳元に顔を寄せた。

「昨日、セックスしたかどうかって、髪を触るとわかるのよ」

「――っ!」

両手で頭を押さえて大きく体を捻《ひね》り、五十嵐の手から逃れる。そうすることで五十嵐の目を直接見ることになってしまった。

アイシャドーをふんだんに使い、アイラインと付けまつ毛で目元を強調している。しかもカラーコンタクトまで入れている五十嵐の目力は強い。

以前、五十嵐のことを湊斗が「魔女」と評していたことを思い出す。

怯《ひる》む彩羽に、五十嵐がニヤリと口角を持ち上げた。

「へぇ～図星～？」

「う、嘘です。髪を触ったくらいで、そんなことがわかるはずないです」

からかわれたのだと思い、彩羽が反論する。しかし五十嵐は眉を寄せ、彩羽の髪に触れる。

「失礼ね。いい？　正常位ですると、どうしても側頭部の髪が摩擦で擦れて絡《から》むのよ。それが湯上がりの生乾きの髪となると、てきめんにね」

そう言って彩羽の髪をわしゃわしゃと揉《も》み、ニヤリと笑って続ける。

「相手は香月？」

彩羽は口を固く結んで、無言を貫く。

すると五十嵐は、さらに髪をわしゃわしゃと揉《も》みながら訳知り顔で頷いた。

「そうか～。香月かぁ～。アイツもそんなに激しく、人を求めることがあるのねぇ～。仕事一筋の、寂しい社畜人間だとばかり思ってたのに」

「……やっ、やめてください」

なんだか、髪ではなく頭の中を覗《のぞ》かれているようで恥ずかしい。

赤面する彩羽が手をばたつかせていると、からかって満足したのか五十嵐がやっと頭から手を離してくれた。

「ふふっ。ホントにくっついたのね。じゃあ約束どおり、今回のプロデュース料はご祝儀としてタダにしてあげるわ」

何故か嬉しそうに話す五十嵐に、彩羽はつい表情を曇らせてしまう。

鏡越しに彩羽の表情に気付いた五十嵐が眉を持ち上げた。

「なんか浮かない表情だけど、問題でもあるの？　香月、下手《へた》だった？　一回やって冷《さ》めたとか？　それともアイツ、なんかマニアックな趣味とかあった？　あとは、オッサンで加齢臭に引いたとか？」

「……違います」

――何故そうなる。

このまま沈黙を貫いていたら、湊斗にあらぬ疑惑が生《しょう》じそうで怖い。

困り顔を見せる彩羽に、五十嵐が「じゃあなにが不満？」と、問いかけてくる。

「香月さんのことは好きなんですけど、あれこれ考えちゃって……」

そう答える彩羽の眉間に自然と皺《しわ》が寄ってしまう。

「不満を溜め込むと、ストレスでブスになるわよ。さっさと吐き出しなさい」

五十嵐の顔は、彩羽を心配していると言うより、二人の関係を楽しんでいるように思えなくもない。だが、誰にも話せずストレスを溜めているのも事実だ。

小さなため息を吐いて、彩羽は口を開いた。

「なんて言うか、香月さんの家の寝室にはカーテンがないんです」

「はあ？」

彩羽の要領を得ない言葉に、五十嵐が怪訝《けげん》な表情を見せる。それに構わず話を続けた。

「カーテンがいらないくらい高い階の部屋に住んで、大企業の社長さんから能力を買われて、ぜひ娘婿にって縁談がきたりする……そんなすごい人の隣にいるのが、私でいいのかなって……」

今日の鳴海工業との面会で、途中から態度を軟化させてくれた鳴海社長は、バルゴ・オービットに強い興味を示してくれた。そして、展示会でバルゴを紹介したいと相談した湊斗に頷き、トキコクが参加できるよう便宜《べんぎ》を図ってくれることになった。しかもトキコクのために、鳴海工業が確保していたブースの一角を譲ってくれると申し出てくれたのだ。

ありがたいと思う気持ちの中に、鳴海社長がここまで親身になってくれるのは、やはり湊斗を娘婿に迎えたいという思いがあってのことではないかと邪推してしまう。そして、自己嫌悪に陥《おちい》るのだ。

「香月さんとの関係は、まだ誰にも話していないんです。でも、もし知られた時、相手が私ということで、香月さんの評価が下がってしまうんじゃないかって、不安なんです」

「なるほど。……まあ、あの香月と付き合うんなら、それなりの水準が求められるわよね」

彩羽の話に、五十嵐が肩を竦《すく》める。

――鳴海工業の社長は、湊斗が自分と付き合っていることを知っていたら、今日と同じ援助を申し出てくれただろうか……

そう考えると、彩羽の存在が湊斗の足を引っ張ってしまいそうで怖い。

そして逆に、湊斗と鳴海工業の社長令嬢との縁談が進んでいれば、彼はもっとスムーズにプロジェクトを進めることが出来ていたのではないかと思ってしまう。

いざという時、頼りにならない自分では、湊斗の隣に相応《ふさわ》しくないのではないか。

そんなことを考えてうなだれる彩羽に、五十嵐が静かに問いかける。

「隣にいるための努力をする価値は、香月にない？」

「……えっ？」

いつもより低く厳しい声に驚いて視線を向けると、真面目な顔をした五十嵐と目が合った。

「長い付き合いの友人として言わせてもらうわ。香月は確かに仕事バカだけど、間違いなくイイ男だし、昔からモテたの。だから、遊ぶ相手が欲しいなら、当たり障りのないところで相手を調達できるわけ。そんな香月が、面倒を承知で上司の貴女を選んだ。それは、本気の証拠よ。それなのに貴女は、自信がないからって努力もせずに逃げ出すの？」

「それは……」

「香月のことが、そこまで好きじゃないって言うならしょうがないけど、そうじゃないなら納得がいかないわ。そんなくだらない理由で、私の友人を孤独にしないでちょうだい」

「――っ！」

五十嵐の言葉に、頬を叩かれたような気がする。

――確かにそのとおりだ。

迷いや不安があっても彼の求めに応じたのは、それ以上に彼のことが好きだったからだ。

それなのに勝手に自信を失って、全てを投げ出そうとするなんて、好きになってくれた湊斗に失礼だ。

湊斗が好きだと言ったのは、他の誰でもない自分なのだから。

別の人間になることは出来なくても、努力して持っているものを増やすことは出来る。

だったら、するべきことは明らかだ。

そのことに思い至り、彩羽は五十嵐を真っ直ぐに見つめて頭を下げた。

「すみませんでした。……私、頑張ります」

素直に謝る彩羽に、五十嵐が表情を緩《ゆる》める。

「香月のことが好きなら、側にいてあげて」

「はい」

一番大事なのは湊斗が好きだという自分の気持ちだ。なのに、互いの立場や状況に気を取られて、大事なものを忘れかけていた。

大切なことに気付かせてくれた五十嵐に感謝すると同時に、湊斗に対する五十嵐の気持ちが気になってしまう。

彩羽に、五十嵐のことをよき親友として話す湊斗の言葉を疑うつもりはない。

でも湊斗のことをここまで気遣う五十嵐には、友情以上の感情があるのではないかと考えてしまう。

「五十嵐さんは、香月さんのよき理解者ですね」

自分の心の狭さに嫌気がさす。

小さなため息を漏《も》らす彩羽の言葉に、五十嵐が優雅に頷く。

「そりゃ、中学からの長い付き合いですもの。学生時代の自分を知っている人とは恥ずかしくて恋愛とか無理だけど、アイツには幸せになって欲しいわ」

そう話す五十嵐は、そのまま湊斗との出会いの場所となった私立中学校の名前を口にする。その学校の名前に、彩羽は「んっ？」と、眉を寄せた。

それは都内でも有名な中高一貫の進学校なのだけど、彩羽の記憶違いでなければ……

「すみません。その学校って男子校じゃ？」

「そうよ」

彩羽の質問に頷く五十嵐が、「香月に聞いてなかった？」と、艶《つや》やかに笑う。

「聞いてないですっ！」

そう答えながらも改めて思い返せば、身長の高さや声の低さ、異性の友達としてはどこか馴れ馴れしすぎる二人のやり取りにも納得がいく。

「そう。まあ香月ってそのへん頓着《とんちゃく》ないから」

それが奴のいいとこよ。そう軽く肩を竦《すく》めて笑う五十嵐は、彩羽の髪を撫でながら言う。

「その人のあり方を否定しない。差別しない。そういう懐《ふところ》の深い奴だから、面倒くさいことも多いと思うけど、アイツのこと大事にしてあげて」

「はい。……でも職場恋愛って難しいです」

彩羽がつい愚痴《ぐち》を零《こぼ》すと五十嵐が笑った。

「そんなこと言っても貴女たちの場合、それだけ忙しく仕事してて、職場以外のどこで恋愛相手を探すつもりなの？」

「確かに……」

湊斗も自分も、一日の中でかなりの時間を仕事に割《さ》いている。その状態で職場以外に恋愛相手を探すのは至難の業《わざ》だ。

「大体、国が女性に働け、子供産めって勧めてるんだから、仕事しながら恋愛するのは、働く女性の当然の権利と思いなさいよ」

五十嵐なりのエールに、思わず笑ってしまう。

「そうですね。ただでさえ忙しいんだから、いじけてる暇があるなら、香月さんの恋人として恥ずかしくないよう努力した方がいいですね」

「いい心がけね。例えば、どんなことをするの？」

「どんなこと……」

そう問われて、考えを巡《めぐ》らす。

自分磨きは当然として、仕事面でも湊斗を支えられるようになりたい。

バルゴの存在をアピールすることは、湊斗や桐子や水沢が手を尽くしてくれている。

未だ不十分な部分といえば、新規開発販売促進部の課題であるバルゴの販売ルートを確保することだ。これまでも、みんなで散々あたってきたけど、まだ「これ」といったルートが確保できていない。

——専門でもない私に、出来ることはなんだろう。

「あ……」

そういえば、目の前にいる五十嵐は、自分でセレクトした厳選商品にプロデュースという付加価値を付けることで、仕入れた商品をより高値で販売している。

「なによ？」

じっと見つめてくる彩羽に、五十嵐が眉をひそめた。

「いえ。五十嵐さんは、高いものをより高く売ってすごいなって思って」

「はあ、喧嘩売ってるの⁉」

「い、いえ、とんでもない！」

慌てて首を横に振り、五十嵐の販売センスを尊敬しているのだと説明した。すると、気をよくした五十嵐が得意げに胸を張る。

「商品は別の店でも買えるけど、私の技術はここでしか買えないんだもの。当然よね」

「あっ！」

その時、彩羽の頭にある考えが閃《ひらめ》いた。

「だから、さっきからなによ？」

「あの、折り入って五十嵐さんに、ご相談があるのですけどっ‼」

体の向きを変え、彩羽は勢い込んで五十嵐にそう切り出す。

今思いついたことを形にするべく、彩羽は頭の中の考えを話し始めるのだった。

◇◇◇

五十嵐の店の近くにあるカフェを訪れた湊斗は、店内に彩羽の姿がないことを確認し、出入り口が見える席に腰を下ろした。

個人経営のこの店は、深夜まで営業している。各テーブルが適度に離れていることもあり、ゆったりとくつろげる空間となっていた。

ふと店内の時計を見ると、夜九時近くを示している。

――彩羽はこんな時間まで、五十嵐のところでなにをしているんだ？

胸に湧き上がるモヤモヤした気持ちに気付かない振りをした。

夜、会社で調べものをしていると、彩羽から相談したいことがあるとメールがきた。出来れば今日のうちに会えないかと問われたら、湊斗に断る理由はない。単純に、彩羽に会いたいからだ。

今の自分は、疲れを取るために早く一人でベッドに潜《もぐ》り込むよりも、少しでも彩羽の顔を見ていたかった。

早速、場所を確認すると、五十嵐の店にいるという。

それで五十嵐の店の近くにあるこのカフェで待ち合わせの約束をしたのだけれど、何故こんな時間まで彩羽が五十嵐の店にいるのか聞きそびれてしまった。

そういえば、彩羽のプロデュース料をまだ五十嵐に支払っていないことを思い出す。最初に店を訪れた日、五十嵐に曖昧《あいまい》にかわされてそのままになっていた。今のところ、彩羽に請求はいっていないようなので保留としていたが、そろそろはっきりさせなくてはならない。

そんなことを考えていると、ドアの開く気配がして彩羽が姿を見せた。

肩で息をする彩羽は、昼間とは違う髪型をしている。化粧も微《かす》かだが変化していた。一段と可愛らしくなっている彼女に、気持ちがほぐれる。

その気持ちがそのまま顔に出ていないか心配しつつ、湊斗は彼女に向かって軽く手を上げた。すぐに気付いた彩羽が、表情をパッと綻《ほころ》ばせる。

その表情を見るだけで、今夜会う約束をしてよかったと思った。

「お待たせしました」

「いや、俺も今来たところだよ」

息を切らして駆け寄る彩羽に、湊斗が微笑む。

彩羽が自分の飲み物を注文するのを待って、五十嵐のところでなにをしていたのか聞いた。

「動画を撮りに行ってました」

「動画？」

——そんなものを撮ってどうする。

不思議そうな顔をする湊斗に、彩羽はネットに配信するための動画を撮影していたのだと説明した。

聞けば、湊斗が五十嵐の店に連れて行って以来、彩羽は定期的に五十嵐の店を訪れ、美容の指導を受けていたそうだ。そして、その様子を動画に撮り、五十嵐の店の宣伝のためサイトでネット配信しているのだという。

そのモデルを引き受けることで、五十嵐とプロデュース料を格安にしてもらう約束ができていたと初めて知らされた。

「君がそんなことしなくても、俺が払ったのに」

もともと支払うつもりでいた湊斗としては、納得しかねる話だった。

そんな湊斗の思いに気付く様子もなく、彩羽は「勉強になって面白いですよ」と微笑む。

その表情が生き生きとしていて、さっき無理矢理ねじ伏せたもやもやした感情が頭をもたげ隠しきれなくなってしまう。

「湊斗さん？」

湊斗の表情の変化に気付いた彩羽が、心配げに名前を呼ぶ。

その表情を見ていると、この場を取り繕《つくろ》う気にはなれない。

それに彩羽を愛おしく思う以上、この思いは抑えきれなくなるに決まっている。

「なんて言うか……」

髪を掻き上げた湊斗は、思い切ってもやもやした気持ちを白状した。

「もうこれ以上、綺麗にならないで」

「はい？」

不思議そうに首をかしげる、その表情が愛らしいから困る。

「これ以上君が綺麗になると、ライバルが増えそうで不安だよ。それに五十嵐の店に勉強に行く時間があるなら、俺と過ごす時間を作って欲しい」

いい年をした男が……。そうは思うが、それが隠しきれない湊斗の本音なのだ。

「それって……」

湊斗の言葉に彩羽が頬を赤くする。

「嫉妬だよ。ごめん」

気まずそうに告白すると、テーブルの上の湊斗の指に彩羽が自分の指を絡《から》めた。

「嬉しいです」

囁《ささや》くように言う彼女が、艶《つや》やかに微笑む。

大人げない自分の発言に、そんな表情を見せられると、嬉しさと、情けなさが複雑に絡《から》み合う。それ以上に愛おしさが抑えきれなくなった。

湊斗の口から、自然と「好きだよ」と、甘い言葉が溢《あふ》れる。

「――っ！」

突然の愛の囁《ささや》きに、彩羽がさらに顔を赤くした。

湊斗は彩羽の反応を楽しむように、再び「愛してる」と、口にする。

真っ赤になって黙り込んだ彩羽は、しばらくすると観念したように「私もです」と、言葉を返してくれた。

その言葉だけで、湊斗は強気になれる。

そんなことを思っていると、彩羽が急に表情を真面目なものに切り替えた。

「私、これからも湊斗さんの隣にいられるように頑張ります」

「……？」

首をかしげる湊斗に、彩羽が言葉を続ける。

「私たちの関係が周囲に知られた時、私を選んだ湊斗さんが笑われないように」

「なにを……」

もし彩羽を悪く言う人間がいたら、湊斗はそれを許さない。

何故、突然そんなことを言うのだろうと思っている湊斗に、彩羽がぽつりと呟《つぶや》いた。

「鳴海社長さんにも、きちんと認めてもらえるようにもっと頑張ります」

その一言で、彩羽がすでに断った縁談を気にしているのだと気付いた。

鳴海工業の社長の前で、あれだけ毅然《きぜん》とした態度を取っていながら、湊斗の過去の縁談を気にする彩羽に愛おしさが増す。

「あの縁談は過去の話だ。鳴海社長は仕事を見て人を評価する人だ。だから、縁談なんかなくても失うには惜しい存在だと思わせればいいだけだ」

湊斗が安心させるように断言すると、彩羽は静かに首を横に振った。

「湊斗さん一人で頑張らないでください。私も一緒に頑張りたいんです」

はっきりとそう言った彩羽の表情が、目を奪われるほど美しい。

――俺には、彩羽しかいない。

湊斗はそのことを強く、意識した。

「ああ、頼りにしてるよ」

その言葉に、彩羽が嬉しそうに笑った。

今すぐ彼女を抱きしめたい衝動を抑えて、湊斗は「それで、相談したいことって？」と切り出す。

「あ、そうでした。五十嵐さんのところで思いついたことなんですけど」

彩羽は自分のスマホをテーブルに置き、なにかのページを開く。

「これを見てください」

言われるまま画面を覗《のぞ》き込むと、五十嵐の店のサイトだった。

フラッシュ動画で、ローズピンクの画面に店名が一文字ずつ立体的に浮かび上がっていく。全ての文字が並ぶと、扉が開くように画面の中央から光が溢《あふ》れ、店の概要と、商品についての説明が始まる。そのスムーズな映像に、五十嵐らしいセンスの良さを感じた。

しばらくすると、画面下に幾つかの項目が浮かび上がってくる。

「美容アドバイス」、「ファッション」、「アクセサリー」、「トータルコーディネート」と並ぶ項目から、彩羽は「アクセサリー」の項目をタップする。

するとさらに指輪やピアスといった細かい項目が浮かび上がり、彩羽はそこから「時計」の項目をタップした。

「ふーん、いい品ばかりだな」

画面に表示された時計に目を走らせながら、湊斗の口から感想が漏《も》れる。

一般的なファッションブランドの時計だけでなく、日本ではあまり知られていない海外の時計工房の商品がセレクトされている。こうしたところにも五十嵐のセンスとこだわりを感じた。

また、商品の品質を保証するためか、それぞれの製造元が作った商品サイトに飛べるようになっている。

「相談したかったのは、バルゴの販売ルートのことです。この際、思いきってトキコクの直営店と、五十嵐さんのお店だけに限定しませんか？」

「なんだって？」

驚く湊斗に、彩羽は真剣な表情で考えを口にする。

「バルゴは、どこにも置いてもらえない時計ではなく、選ばれた店にしか置いていない特別な時計──そういうコンセプトで売るというのはどうでしょう？」

「……なるほど」

確かに、人は限定品や手に入りにくい商品に惹かれるものだ。それに、バルゴの精緻《せいち》で高価なイメージとも、コンセプトがマッチする。

「それに……そうした方が、社長にこちらの動きを報告しなきゃいけない友岡さんの負担が減ると思うんです」

その言葉に、湊斗は彩羽の思いやりを感じた。

「ありがとう」

呟《つぶや》く湊斗に、彩羽が当然ですと言いたげに微笑む。

「一足先に相談した五十嵐さんは、トキコクからどんな圧力がかかっても、本業は小売業じゃないから気にしないって言ってくれました」

──ということは、五十嵐自身はこの話に乗り気ということだ。

「確かに、女性向けのファッションアイテムしか扱わない五十嵐の店なら、他のトキコクの商品を仕入れられなくても困らないからな。それに五十嵐には、忠継社長もそう簡単に圧力をかけられないはずだ」

五十嵐があんなキャラなので公《おおやけ》にはなっていないが、五十嵐家は代々政界と密接な関係にある家柄だ。各省庁で重要な地位に就いている親族もかなりいる。

特別素性を隠しているわけでもないから、もし忠継が五十嵐に嫌がらせを考えても周囲が止めるだろう。

「本人もそう言ってました。それに、バルゴの独占販売で利益が出たら、今までの分だけじゃなく今後の私のプロデュース料もチャラにしてくれるそうです」

「しっかりしてるな……」

五十嵐も彩羽もこちらが思う以上にしっかりしている。

「でもそのためには、予算の計上が必要になるな。……ただでさえ一方的に削られた宣伝活動費から展示会の参加費を引いて……」

湊斗は、脳内でざっと計算してみる。商品を置く店を厳選するのであれば、その分、宣伝にはお金をかけるべきだろう。

忠継に頭を下げてでも、経費を上乗せする必要があるかもしれない。

自分の持っている人脈と、今後の動き方を考え始める湊斗の思考を、彩羽が中断させた。

「あの、それに関しても提案があるんです。バルゴの映像だけを、無料動画サイトで流しませんか？」

「……映像だけ？」

「バルゴ・オービットは間違いなくいい商品です。それを証明するために、ありのままの姿を見せて、見た人にバルゴの真価を問いませんか？」

「見た人に……」

自分にはなかった発想に驚く。そんな湊斗に、彩羽は意見を続ける。

「バルゴの品質がどれだけ良くても、それだけでは売れません。それを評価して買ってくれる人、それを売ってくれる人。そういう人の思いが重なって、初めて商品は売れるんだと、新規開発販売促進部に異動して学びました」

その言葉に、鳴海社長相手に一歩も引かなかった彩羽の姿を思い出す。

最初は嫌々部長に就任した彼女が、あそこまで積極的に鳴海社長に意見できたのは、それだけの価値をバルゴに感じてくれているからだ。

無数の歯車が噛み合って時計が正しく時を刻むように、たくさんの人の思いが一つになってバルゴのプロジェクトが進んでいく。

「だから、見た人に、バルゴの評価を託すのか？」

「はい。バルゴは間違いなくいい商品です。きっと、わかってもらえます」

迷いなく頷く彩羽から、風が吹いてきたような気がした。

四年前、普通の学生だった彼女が、今トキコクに新しい風を吹き込んでいく。

きっとこれが前社長である正史が目指していた、百年先に続く新しいトキコクの姿なのだろう。

「わかった」

——祖父が生きている間に、彼女を会わせたかった。でも、それは叶わぬ願いだ。

世の中は、本当に自分の手に負えないことだらけで嫌になる。内心で苦笑いしつつ、湊斗は彩羽に向かって頷いた。

「部長は君だ。君が信じるようにやってみるといい。俺はそれを全力でサポートする」

手に負えないことだらけの状況でも、自分の選んだ人を信じて、正しく生きることはできる。

新たな決意を胸に、湊斗は目の前の愛しい人を見つめた。

6　賭けの行方《ゆくえ》

バルゴの動画を撮り、動画サイトで流す——という彩羽の戦略は、予想を上回る成果を得た。

当初、彩羽の案としては時を刻むバルゴの映像だけを流すつもりでいた。けれど、自分の店のサイトでも使うのだからと五十嵐から異議が入り、五十嵐監修のもと、彩羽の案とは別の内容で動画が撮影されることになった。

「商品に自信があるなら、部長として顔を晒《さら》して商品を紹介するべきよ。その方が話題にもなって、アクセス数が上がるわ」

という五十嵐の主張に負け、彩羽までバルゴの動画に出ることになったのは想定外だったが。

五十嵐の考えたものは、彩羽が両手でバルゴを包み込む姿にカメラを寄せていき、手がアップになるタイミングで蕾《つぼみ》が綻《ほころ》ぶように両手を広げ中のバルゴを見せる。その後、バルゴそのものの美しさを伝えていく動画に繋《つな》げるというものだった。

五十嵐のセンスが光るその動画は、配信直後から着実にアクセス数を伸ばし、国内外を問わず一気に拡散されていった。

言葉で飾ることなく、バルゴを見た人にその真価を判断してもらう。彩羽のその考えは当たり、バルゴの動画は、気が付けばメディアでも紹介されるほどの反響を得ていた。

そのおかげで高級時計にもかかわらず、バルゴは販売前からかなりの数の予約を受け、初回生産個数は予約だけで完売となった。

そのため部内で話し合い、バルゴの予約を一時中断し、横浜での展示会の最終日から再度予約を受け付け、生産したものから順次販売をしていくこととなった。

さらにバルゴの動画を見て、その緻密《ちみつ》な加工技術に着目した海外の企業からの問い合わせも来ているようだ。きっとこれこそが、前社長が描いていた百年先のトキコクに繋《つな》げるビジョンだったのかもしれない。

「空が高いわね」

展示会を来週に控えた月曜日。彩羽が会場に置くパンフレットの最終確認を済ませ部に戻る途中、一緒に歩いていた桐子が独り言のように呟《つぶや》いた。

それにつられて彩羽が空を見上げると、確かにいつの間にか空が随分高くなっている。

窓から差し込む日差しには、まだ夏の名残《なごり》を感じるのに、気が付けばもう十月だ。

見上げる空は、すでに秋の色をしている。

「あっという間に一ヶ月過ぎちゃいましたね」

「ホント。こんなに慌ただしく仕事をしたのは初めてよ」

海外からの問い合わせが増えたことで、英語の堪能《たんのう》な桐子がその対応に当たっている。

桐子だけじゃなく、友岡や水沢も、率先して仕事をこなしてくれていた。

そうやって、新規開発販売促進部が一丸となって前に進んでいる現状が心地よい。

「お疲れ様です」

素直に労をねぎらう彩羽に、桐子が首を横に振る。

「でもすごく充実してる。いじけて仕事していた頃より、死ぬほど忙しい方がよっぽどいいわ」

そう話す桐子の表情は、とても晴々《はればれ》としていた。その表情に、これまでの苦労が報《むく》われる日が近いのだと予感する。

「私たち、賭けに勝ったわよね？」

桐子が彩羽を見て言う。その問いかけに、彩羽は力強く頷いた。

「はい」

今やバルゴ・オービットが魅力ある商品であることは、疑いようのない事実。

ここまで大きな反響が出ている以上、忠継も文句のつけようがないはずだ。

横浜の展示会が終われば、湊斗もその件について忠継と話し合うつもりでいる。

「まあ私の野望は、これからですけど」

桐子が冗談っぽくガッツポーズを作った。

「展示会でバルゴの勝ちを確かなものにしたら、香月さんは出世するわよね？　そのまま社長まで上り詰めてもらって、私を部長にしてもらわなきゃいけないんだから。それまで、全力でサポートするわよ」

「心強いですね」

そう言って笑ってみせたが、実のところ解決すべき問題は他にもたくさんあった。

賭けに勝っても、それは湊斗がトキコクの株を放棄しなくて済むだけであって、忠継が社長であることに変わりはない。

忠継が社長でいる限り、完全な意味での勝利とは呼べないのではないか。

新しいトキコクを作るには、その問題を乗り越えなくてはいけないのだから、まだまだ先は長い。

「私も頑張ります」

桐子を真似て彩羽もガッツポーズを作ると、桐子が「さすが部長。頼もしい」と、茶化してくる。

そうやって冗談まじりに笑い合うと、疲れが吹き飛び心が弾んだ。

明るい気持ちで新規開発販売促進部のドアを開けた瞬間、室内に漂《ただよ》うただならぬ空気を感じて彩羽と桐子は顔を見合わせる。

くるりと室内を見渡すと、来客用のソファーに圭太が腰かけていた。この不穏な空気の理由は、そこにあるらしい。

「いつぞやはどうも」

不機嫌にそう言いつつ、圭太が立ち上がった。

苛立ちが滲《にじ》む声から、以前のレストランでの一件をまだ根に持っているのがわかる。

だが、あれだけ露骨《ろこつ》にセクハラ・パワハラ発言をしておいて、こちらを恨《うら》むのは筋違いだと思ってしまう。

「ご用件は？」

出来るだけ冷静に尋ねる彩羽に、圭太が意地悪い笑みを浮かべた。

「社長より、辞令通知書を預かって参りました」

歩み寄って来た圭太が、彩羽に書簡を一通差し出す。

「辞令？」

その言葉に、咄嗟《とっさ》に友岡の顔が浮かぶ。

問題を抱えながらも、できる限りの協力をしてくれている友岡は、新規開発販売促進部の立派な戦力だ。

だが、なんらかの理由で、忠継に異動願いを出した可能性もある。

もし友岡がそれを望んでいるのであれば、彩羽にそれを止める権利はない。

表情を曇らせつつ受け取った書簡の封を開けた。しかし、中に書かれた文字に目を走らせた彩羽は、大きく目を見開いた。

「えっ⁉」

何度も文字と圭太の顔を見比べる彩羽に、圭太が「社長命令ですので」と念を押す。

彩羽の斜め後ろに立っていた桐子にも、文面が見えたのだろう。背後で息を詰まらせた。

――こんなのあり得ないっ！

弾かれたように彩羽が視線を向けると、そのただならぬ気配を察して湊斗が歩み寄ってきた。

「部長、どうかしましたか？」

「あの……」

ここに書かれている以上、内容を伝えなければいけない。そう思うのだけど、言葉が出てこない。

そんな彩羽に代わり、圭太が彩羽の手から辞令通知書を取り上げて口を開いた。

「香月湊斗。新規開発販売促進部勤務の任を解き、資料管理部に異動を命じる。それに伴《ともな》い、常葉圭太に新規開発販売促進部への勤務を命じる」

圭太が読み上げた内容に、その場にいた誰もが驚いた様子で息を呑む。言葉を失っている友岡の様子からして、彼もこの件は知らされていなかったようだ。

湊斗の異動先の資料管理部は、言葉は悪いが、いわゆる窓際族と呼ばれる部署だ。なんの理由もなく、受け入れられるわけがない。

「どうしてですか？」

「コイツじゃ、力不足だからだよ」

戸惑う彩羽に、圭太が顎《あご》で湊斗を示しながら答える。

「力不足……？」

——一体なにを根拠に。

「香月じゃ、トキコクの未来のために、お祖父《じい》様の残したバルゴ・オービットを任せるには力不足と社長が判断した。だから、社長秘書である俺の任を一時解いてまで、ここのサポート役を任せたということだ」

「……っ」

——これまでの、なにを見ていればそんな判断になるのだ！

「社長が見込んで選任した牧瀬部長の頑張りを、香月は十分に活かせていない。そのために、香月を外し、俺がサポートに回る。それによってバルゴ・オービットはもっと売り上げを伸ばせるはずだ」

今更圭太が来なくても、バルゴは確実に伸びる商品だ。それを、あたかも自分の力で売り込むように言う圭太に腹が立った。

「失敗すると決めつけていたバルゴが世間に注目された途端、手のひらを返して、香月さんから手柄を取り上げ自分のものにしたいんでしょ？」

あまりの怒りで言葉を失っていた彩羽は、背後から飛んできた桐子の言葉で冷静さを取り戻す。

桐子の指摘に、圭太は否定も肯定もせずにニヤリと笑った。

「相変わらず、身内には厳しいな」

ひどく冷《さ》めた声で言ったのは湊斗だ。

そんな湊斗に、圭太が「身内……だからこそだろ」と、苛立った声を上げる。

「香月さんが力不足なんて事実はありません。彼はちゃんとこの部署を支えてくれています。こんな突然の人事異動、部長として納得できません」

毅然《きぜん》とした態度で抗議する彩羽を、圭太はうっすらと笑みを浮かべて見返した。

「じゃあ、お前も部長を辞めれば？」

「——なっ！」

その乱暴な発言に、その場にいる誰もが息を呑んだ。圭太はその空気を楽しむように周囲を見渡し、桐子に目を止めて言った。

「コイツが辞めたら、お前を部長にしてやろうか？　異動直後、コイツの下で働くことに文句を言ってただろ？」

その言葉に、桐子が彩羽をチラリと見た。そのすぐ後、はっきりと「遠慮します」と答える。

「私は、この牧瀬部長で満足していますので」

——この……って。

若干バカにされている気がしなくもないが、とりあえず彩羽は認められているらしい。

それを安堵すると同時に、事態をどう切り抜けたらいいか必死に考える。

このメンバーでここまで頑張ってきたのだ。バルゴの販売が軌道に乗るのを、このメンバーで見届けたい。

唇を噛む彩羽に、圭太が「で、どうするの？　辞める？」と、聞いてくる。

「……っ」

「俺が異動すればいいんだろ？　辞令に従うから、関係ない人間をこれ以上追い込むな」

見かねたように湊斗が言う。

「そう。じゃあ、そういうことで」

湊斗の申し出に圭太は軽く手を上げ、満足げに笑った。

そして、湊斗に歩み寄り間近から覗《のぞ》き込む。

「バルゴを世に出すっていうお前の望みは叶えてやったんだから、満足しただろ。なら、さっさとトキコクから出てけよ」

そう言って、湊斗の肩を軽く叩いた圭太が部屋を出ていく。

そして、部屋を出る瞬間、「じゃあ、明日からよろしく」と、心のこもっていない挨《あい》拶《さつ》を残していった。

「あり得ないですっ！」

ドアが閉まった瞬間、彩羽が叫んだ。他のメンバーも同様な反応を示す。

それなのに湊斗だけは、冷静な様子で「まあ、社長命令だから」と、自分のデスクの片付けを始める。

「香月さんは、これでいいんですか？」

よほど腹立たしかったのか、頬を紅潮させた水沢が湊斗のデスクに駆け寄った。それにつられるように、他の面々も湊斗のデスクに集まる。

そんなメンバーの顔を見渡し、湊斗は「いいよ」と、言った。その表情に迷いは感じられない。

「会社は俺一人のものじゃないし、バルゴを世に出すという願いも叶った。課題だった販売ルートの見通しも立ったし、このタイミングで異動しろって言うなら、素直にそれに従うよ」

「そんなの潔《いさぎよ》すぎますっ！」

湊斗の諦めがよすぎて、彼より彩羽の方が悔しくなる。

悔しそうに眉を寄せる彩羽に、湊斗が真剣な眼差しを向ける。

「誤解しないでほしい。俺は少しも潔《いさぎよ》くなんかない。少し前の俺だったら、絶対に異動を受け入れなかったと思うよ。でもこの部署には、牧瀬部長をはじめ信頼出来るメンバーがいる。だから俺は、安心して、バルゴのことを任せられるんだよ」

新規開発販売促進部立ち上げの際、孤軍奮闘していた湊斗。それが、寄せ集めのメンバーに信頼を寄せ、大切なバルゴを託してくれようとしている。

「大切にお預かりします」

最初にそう言ったのは友岡だ。

グッと胸を張る友岡の表情には、彼なりの覚悟を感じる。

「これで終わりじゃないですよね？」

そう確認してくるのは桐子だ。

「当たり前です」

そう言ったのは、湊斗ではなく水沢だった。

そんなやり取りを見ていた湊斗が、彩羽を見て確認するように言う。

「俺のゴールはここじゃない」

そうだ。湊斗の目指している場所は、ここよりずっと先にあるのだ。

彩羽はそれを支えていくと決めたのだから、とにかく今、出来ることをするべきだろう。

思いどおりに行かないことがあったからと、投げ出すわけにはいかない。

「わかりました。私たちも頑張るので、香月さんも頑張ってください」

覚悟を決めた彩羽は、湊斗にしっかりと頷く。

「ありがとう」

湊斗はメンバー全員の顔を見て、「よろしく」と頭を下げた。

◇◇◇

その夜、仕事を終えた彩羽は、その足で湊斗のマンションを訪れた。

初めて来た時は、あまりに広すぎる部屋に落ち着かなさを感じたが、今では大きなソファーの左側が彩羽の定位置となりつつある。

ソファーに座ったままじっとしている彩羽に、グラスを差し出しながら湊斗が困った様子で問いかけてきた。

「彩羽、怒ってる？」

「……別に」

グラスに入ったクランベリージュースを飲んで、彩羽が答える。だが、その声は確実に不機嫌だ。

「仕事だから仕方ないです」

そんな彩羽に、湊斗が苦笑して隣に腰を下ろす。

「でも声が怒ってるよ」

そう言って、彩羽の肩に腕を回し宥《なだ》めるように言う。

「ここは会社じゃない。彩羽も俺の上司じゃない。だから年上の恋人に、仕事の愚痴《ぐち》の一つくらい聞かせてよ」

「うっ……」

思っていることを、そのまま言葉にしていいものか悩み、彩羽はクランベリージュースをもう一口飲んだ。クランベリージュースは彩羽の好物で、それを知った湊斗が部屋に常備してくれるようになった。

つまりそれは、湊斗が彩羽の訪問をいつでも歓迎してくれているという意思表示ともとれる。

だったら、部屋に二人でいる時くらい、本音で話してもいいのかもしれない。

そう納得した彩羽は、グラスをソファーの前のガラステーブルに置き隣の湊斗を見た。長身の湊斗を見上げるようにして「こんな人事、全然納得出来ませんっ！」と、本音を吐き出した。

彩羽の本音に湊斗が頷く。

「俺もこんなやり方は理不尽だと思う。横暴だって腹も立った」

「じゃあなんで黙って従うんですか？　……湊斗さん、ウチの筆頭株主でもあるんですよね？　だったら、湊斗さんも持てる力を使えばいいのにっ！」

忠継は社長として権力を私的に使っているのだから、湊斗だってその権力を行使して忠継を解任でもなんでもしてしまえばいいのに。

悔しさにむくれる彩羽へ、湊斗が笑って首を横に振った。

「俺がそのやり方を、正しいと思わないから。それで社長を退《しりぞ》けても、一緒に戦ってくれたみんなの心はスッキリしないと思う」

正論すぎる意見に、返す言葉が浮かばない。

うなだれる彩羽の頬に、湊斗の唇が触れた。

「ありがとう」

耳元で囁《ささや》いた湊斗は、再び彩羽の頬にキスをする。

軽く頬に触れるキスがくすぐったくて彩羽が首を竦《すく》めると、その反応を楽しむように湊斗が彩羽を自分の方に抱き寄せた。

「あっ……キャッ」

軽々と彩羽を自分の膝に横抱きにした湊斗は、そのまま彩羽の唇を自分の唇で塞《ふさ》いだ。

「彩羽の唇、美味《おい》しい」

「ジュースの味です……」

照れながらそう答える彩羽に、湊斗が首を横に振る。

「彩羽の味だよ」

「ちが……」

彩羽が反論するより早く、湊斗の唇が彩羽の唇に重なる。

さっきより強く重ねられた唇に思わず彩羽の肩がピクリと跳ねた。すると、それを合図にしたように、湊斗の舌が彩羽の口内へと侵入してくる。

今冷たいジュースを飲んでいた彩羽の口は、いつも以上に湊斗の舌を熱く感じた。その熱く湿った感触に体の奥が小さく疼《うず》く。

その間も、湊斗の舌は彩羽の歯列を撫で、彼女を甘く誘う。誘われるまま、前歯を薄く開くと、熱くぬるつく舌が彩羽の舌に絡《から》められた。

息が苦しくなるほどの深く激しいキスをしてから、湊斗は唇を離して言う。

「彩羽の好きなジュースを俺が自分で飲むことはない。だから、俺にとってこれは彩羽の味なんだよ」

唾液で濡《ぬ》れた唇を指で拭《ぬぐ》った湊斗は、彩羽の耳元に顔を寄せて囁《ささや》いた。

「しよう」

「えっ？」

驚く彩羽を湊斗が抱きしめたまま立ち上がる。

「明日から別の部署での仕事になる。今のうちに君に触れておきたい」

突然抱き上げられ、下りようと脚をばたつかせる彩羽に、湊斗が「それとも、ここでしてもいいの？」と、問いかけてきた。

――そんなの、いいわけがない。

「湊斗さん、私、シャワーとか……」

「待てない」

そう返す湊斗が「それとも一緒に入る？」と、妖《あや》しく尋ねてくる。だけど、彼と一緒にシャワーを浴びたら、シャワーだけで済まないことを十分学習している彩羽は返事に困ってしまった。

黙り込む彩羽を承諾したものと受け取って、湊斗が歩き出す。

広いリビングを抜けてベッドルームに来た湊斗は、彩羽を丁寧にベッドへ下ろす。そして、乱暴に自分の服を脱ぎ捨てた。そのまま彩羽に覆《おお》い被さり、彼女の着ているシャツのボタンを外していく。

「湊斗さん」

「今すぐ君が欲しい」

そう言う湊斗の声に、欲情の色を感じる。

好きな人に強く求められることに、女性としての喜びを隠せない。

彼の欲求を早く満たしたくて、彩羽は彼が服を脱がす動きを助ける。

互いの肌がすっかり晒《さら》されると、湊斗は白く柔らかな彩羽の乳房に唇を寄せた。

「あぁぁっ……やぁっ！」

いきなり与えられた刺激に、彩羽の体が敏感に反応してしまう。

彩羽の素直な反応に湊斗が満足げな息を漏《も》らし、本格的に彩羽の胸を貪《むさぼ》り始める。

胸の先端をたっぷりの唾液で濡《ぬ》らし、軽く歯を立てられると、どうしようもない痺《しび》れが彩羽の体を突き抜けていく。

「ふぅぅっ………あっ」

快楽に腰をくねらせていると、湊斗の指が彩羽の切ない場所に触れた。

「彩羽、もう濡《ぬ》れてる」

囁《ささや》かれるまでもなく、湊斗の指の動きで、自分の秘所が潤《うる》んでいるのがわかる。それを言葉で自覚させられると、恥ずかしさを抑えられなくなる。

「やっ……だって……」

好きな人にここまで求められているのだから、体が反応するのは自然なことだ。

でもそれを言葉にすることは、恥ずかしくて出来ない。しかし、湊斗はゆっくりと指を動かしながら、さらなる潤《うるお》いを引き出そうとする。

湊斗の指が抜き差しを繰り返す度、彩羽の腰が震えてしまう。

「………ぁあっ………やぁっ」

彩羽が切ない声を漏《も》らすと、湊斗は彩羽の手を取り、自分の方へと引き寄せる。

導かれるまま手を伸ばすと、その手に湊斗の熱い昂《たかぶ》りが触れた。

「――っ！」

自分の手に触れる湊斗のものが、熱く硬く膨張しているのがわかる。

何度肌を重ねても、未だにこれが自分の中に収まることが信じられない。

その時の感覚を思い出し緊張する彩羽に、ベッドサイドから避妊具を取った湊斗が命じる。

「彩羽の手でつけて。それができたら、自分で俺のを受け入れるんだ」

「えっ……」

思いがけない提案に、彩羽は戸惑いの声を上げる。

それでも湊斗に抱き寄せられ、「やって」と促《うなが》されると逆らえない。

「……ん」

躊躇《ためら》いつつも自分の手でパッケージから避妊具を取り出す。その濡《ぬ》れた感触に緊張で指先が震えた。ごくりと息を呑みながら湊斗のものに避妊具を装着していく。そうして、いきりたつ湊斗のものを掴《つか》んで自分の方に寄せたら、自然と彼の体も近付いてくる。

彩羽は腰を上げて湊斗のものを秘所に押し当てた。すると、敏感な皮膚がそれを感じてヒクリと震える。

そのままゆっくりと腰を下ろしていく彩羽だったが、途中からは湊斗の意思でより深くまで沈んでいく。

「――ぁっ、あ」

湊斗が奥まで沈んでくる感触に、敏感な膣壁が無意識に収縮する。

下腹部を支配する圧倒的な熱さに、彩羽が身悶《みもだ》えた。

息苦しさに耐えかねて、彩羽が湊斗の首筋に腕を絡《から》める。それに誘われるように湊斗は彩羽の腰を強く抱き、荒々しく自分の方へ引き寄せた。

「ハァァ…………っ熱いっ」

媚壁を押し広げて沈んでくる湊斗の存在感が堪《たま》らなく気持ちいい。

自分の体を満たす湊斗のものに意識が持っていかれそうで怖くなる。それなのに、彩羽の体はさらなる刺激を求めて奥を蠢《うごめ》かすのだ。

矛盾した二つの感覚を持て余し、彩羽が腰をくねらせる。その動きに誘われたのか、湊斗の腰が激しく奥を刺激していった。

何度も肌を重ねた後、二人はベッドの中で抱き合っていた。

「異動は、少し楽しみでもあるんだ」

「えっ？」

思いもしなかった発言に驚く。そんな彩羽に湊斗が穏やかに笑った。

「祖父が亡くなって、プロジェクトが頓挫《とんざ》した時も、再始動させる条件として彩羽を上司として受け入れた時も、心の中では祖父が健在だった頃のメンバーで進めたかったと思っていた。だけど、いざ新規開発販売促進部で仕事をしてみると、個性的なメンバーに助けられて、たくさんのことを学ぶことができたよ。……なにより、彩羽に会えた」

そう言って、湊斗が彩羽を強く抱きしめてくる。

「……っ、湊斗さん」

強すぎる抱擁《ほうよう》にもがく彩羽に、湊斗が笑って言った。

「彩羽に会えたおかげで、時間を止めることは出来ないけど、それは悪いことじゃないってわかった。だから今回も、俺と一緒に変化を楽しんでくれないか」

そう話す湊斗が、彩羽の顔を覗《のぞ》き込んでくる。

「わかりました。それでも、一緒に仕事できないのは寂しいです」

素直に甘える彩羽を、湊斗は「俺もだよ」と強く抱きしめた。

◇　◇　◇

展示会初日。

港に隣接した展示会の会場はとても広く、コンサートにも使用される場所だ。その会場を各社ごとにパーティションで区切り、それぞれ主力商品を展示している。そして各社の社員が、興味を示したバイヤーや製造業者に商品アピールをしていた。

彩羽が率いるトキコクは鳴海工業のスペースを一部借りて、バルゴ・オービットを展示している。だが、彩羽や桐子は展示スペースから少し離れた壁際の休憩所にいた。

「嫌な感じ」

椅子に座り脚を組む桐子が、鼻息荒く呟《つぶや》く。

彼女が視線を向ける先では、圭太が訳知り顔で、訪れた人にバルゴの説明をしていた。とは言っても、これまでバルゴの開発を軽んじ、関心すら持っていなかった圭太が質問に答えられるはずもない。彼は、説明のほとんどを隣に従える友岡に任せている。

「なんで友岡さん、あんな奴の手助けなんかするのよ」

友岡の事情を知らない桐子が、圭太をサポートする友岡をなじる。

「友岡さんは、職務に忠実なんですよ」

代表で飲み物を買いに行っていた水沢が、ペットボトルを渡しながら取りなした。そんな彼を、桐子が睨《にら》む。

「仕事に忠実って言うなら、職場環境を改善するために、あのセクハラ魔神をどうにかしてよ」

露骨《ろこつ》に不機嫌な声を上げる桐子は、隣の椅子に座る彩羽に「ねぇ？」と、同意を求める。

「……そうですね」

大きなことを言って異動してきた圭太ではあるが、予想どおり真剣に仕事に取り組むはずもなく、仕事中に長時間の私用電話をしたり、仕事を頼んでもいい加減な処理をしたりしてサポートする気など皆無だ。それでいて、我が物顔で部内を掻き回すものだから、部内のストレスは溜まる一方だ。一時は一致団結していた新規開発販売促進部内にも、微妙な空気が漂《ただよ》っている。

しかも、レストランでの一件を根に持っているらしく、圭太は事あるごとに、男尊女卑さながらに彩羽と桐子を貶《おとし》める発言を繰り返すのだ。

こちらが無視を貫いていることで、最近は収束傾向にあるのがせめてもの救いだが。

それでも今日のような展示会では、彩羽が来場者に説明をしていると聞こえよがしに嫌味を言って場の空気を悪くするため、仕方なく休憩を口実に圭太と距離を取っている。

「そういえば水沢君、昨日、常葉さんと飲みに行ったでしょ」

ふと思い出した。そういった感じで、桐子が再び水沢を睨《にら》んだ。

「え……っ」

　突然話を振られた水沢が、頬を引き攣《つ》らせる。その表情を見た桐子が、嫌味っぽく眉を上げた。

「随分仲良くなったようで。男って、すぐに権力に媚《こ》びるから嫌よね」

「えっ、誤解です！　友岡さんが行けないから、代わりに鞄《かばん》持ちとして同行しただけで……」

「女の子も交えて食事して、その後、銀座のお姉ちゃんがいるお店に行って大はしゃぎだったそうじゃない」

「だからそれは、いわゆる同伴のお供ってやつだったんです。常葉さん、召使いみたいに部下を連れて、女の子と豪遊するのが好きみたいで」

「でも、常葉さんと楽しく飲んだのは事実でしょ？」

「楽しくないですよ。僕、日本語変だってずっといじられてたし」

　水沢の反論を、桐子は「男って最低」と一刀両断する。

　そんな二人のやり取りに、彩羽はため息を吐いた。

　圭太が異動してきてから毎日こんな感じなので、さすがに頭が痛い。

　新規開発販売促進部を去る湊斗に「任せてください」と宣言したのに、このままではその約束を果たせなくなってしまう。

　これではいけないと、彩羽は気持ちを奮《ふる》い立たせた。

「展示会は、三日間続くんですよ。金曜日の今日は、専門業者の人しか入れないからお客さんが少ないですけど、明日からは一般の人も来場するので今日以上に忙しくなるはずです。ですから、みんなで仲良く協力し合いましょうよ」

彩羽は二人に明るく笑ってみせた。

すると桐子が水沢を睨《にら》むのをやめ、ぽつりと零《こぼ》す。

「……なんで、あそこに立っているのが香月さんじゃなくて、アイツなのよ」

「それが悔しいのは、僕も一緒です。それに……」

水沢が無言で彩羽に視線を向ける。

「……化粧直ししてくる」

唇を噛んだ桐子は、小さくそう言ってこの場を離れて行った。

「新島さんは、僕たちの分も怒ってくれているんです」

水沢のフォローに、彩羽も「わかってます」と、微笑んだ。

「ところで、部長、香月さんと連絡取ってますか？」

桐子の背中が人混みに消えたタイミングで、水沢がそう尋ねてきた。

「はい」

今も、湊斗との関係は誰にも話していない。なので、「メールだけですけど」と、念のため付け加えた。

それは半分本当のことで、異動してからの湊斗は忙しいらしく、何度か電話してみたがタイミングが合わないのか繋《つな》がらない。ここ最近は、互いに着信とメッセージを残すだけで、近況はメール頼りになっていた。

それほど忙しくない部署に異動したはずの彼となかなか連絡が取れないことに、また一人でなにかを抱え込もうとしているのではと気が気じゃない。

「じゃあ、これを香月さんに渡してください」

水沢がスッと、彩羽に封筒を差し出してきた。

「……これは？」

「友岡さんに頼まれました。これをそのまま、香月さんに渡してください」

「……？」

水沢は圭太の方をチラッと確認してから、彩羽に顔を近付けて囁《ささや》いた。

「友岡さんから、色々聞きました。もともとこの会社に長くいる気のない僕には、面倒なことを頼みやすかったみたいです」

「――っ！」

ハッと息を呑む彩羽が「友岡さんのこと、いつから知っているんですか？」と、小声で聞くと、水沢も小声で返す。

「香月さんの辞令が出た後です」

「そうですか……」

友岡が、同じ技術畑にいた水沢の人柄や、長くトキコクで働く気がないことを知っていてもおかしくはない。そんな水沢に友岡がなにかを頼んだのであれば、それは今の湊斗に必要なことなのだろう。

湊斗の異動が決まった日、友岡が見せた真剣な表情が彩羽の脳裏に蘇《よみがえ》る。

「お預かりします」

この中に、友岡の覚悟が詰まっている。そしてそれは、きっと湊斗の助けになるものだ。

彩羽は、緊張した面持《おもも》ちで封筒を受け取った。

「僕は、この部署が好きです。いつか辞めるにしても、トキコクの社員だったことを、嫌な思い出にしたくありません。だから香月さんが賭けに勝つ姿が見たいです」

――人の思いが重なっていく……

友岡や湊斗の覚悟、水沢や桐子の熱意、バルゴに関わったたくさんの人の思いが重なって、噛み合って、トキコクを生まれ変わらせる力になっていく。

「はい。絶対に勝ちに行きます」

彩羽は強く頷いた。

◇　◇　◇

次の日。

展示会に一般の来場者が訪れるようになると、会場は前日とは大違いの賑《にぎ》わいを見せた。

メディアへ露出してきた彩羽は、来場者にひっきりなしに声をかけられ、バルゴの説明に追われる。人の多さに圧倒されたのか、圭太もさすがに嫌味を言うチャンスを失い、友岡の隣で無難に来場者の相手をしていた。

興味を示してくれる人、一人一人に丁寧な説明をする彩羽だが、その視線はつい湊斗の姿を探してしまう。

——湊斗さん、なにかあったのかな？

昨夜、水沢から預かったものを渡したいと湊斗に連絡した。すると湊斗から、今日、会場に受け取りに行くからそれまで預かっていてほしいと返信があった。

いつ彼が来てもいいように、ずっと封筒を持ち歩いているのだが、夕方になっても彼は姿を見せない。

閉会時刻が近付き、来場者もすっかり途切れた頃、トキコクのブースに一人の紳士がやって来た。その姿に彩羽は驚いて息を呑む。

「社長っ！」

彩羽より早く声を上げたのは、隣の鳴海工業のブースを受け持つ社員たちだ。

「やあ、ご苦労様」

社員に向かって鳴海社長が声をかける。そしてすぐに、視線を彩羽に戻して言った。

「トキコクさんのブース、なかなか盛況らしいじゃないか。間に入った甲斐があったよ」

嬉しそうに話す鳴海社長の表情から、産業技術の発展に貢献したいという熱意を感じる。

「鳴海社長のおかげです」

そう言って、丁寧に頭を下げる。そんな彩羽を押しのけて、圭太が「お久しぶりです」と、挨拶《あいさつ》した。

「えっと、君は……？」

忠継社長の秘書として面識があったのかもしれないが、鳴海社長は困ったように彩羽に視線を向ける。

「常葉社長の御子息です」

そう説明する彩羽に、鳴海社長は数回頷き圭太を見た。

「すまない。興味のない人間は覚えられなくてね」

悪びれる様子のない鳴海社長に、圭太が悔しそうに唇を噛む。

確かに失礼な物言いなのだが、鳴海社長にはそれに文句を言わせないだけの迫力がある。

彼に認めてもらうということは本当に大変なことなのだと、彩羽は改めて思った。

「ところで……」

と、彩羽に視線を戻し、鳴海社長が口を開く。

「この後、ここにいるトキコクの皆さんとお話しする時間を設《もう》けていただきたいのだが、都合はどうだろうか？」

「今日……ですか？」

突然の申し出に、彩羽が一瞬答えを躊躇《ちゅうちょ》すると、横で圭太が「喜んで」と即答した。

「どういったご用件でしょうか？」

友岡が聞くと、鳴海社長が周囲を見回してから答える。

「今後のトキコクさんとのビジネスについて、話をしたいと思っている。それ以上のことは……」

鳴海社長は、冗談っぽく唇に指を添えて口角を上げた。

周囲には、まだ来場者や出展関係者の姿がある。確かに込み入った話は避けた方がいいだろう。

「わかりました」

彩羽がそう返すと鳴海社長は、閉会後の片付けが終わったら、この展示会場に隣接しているホテルのラウンジに来るように告げて、自社のブースへ足を向けた。


片付けを終えた新規開発販売促進部のメンバーが、鳴海社長に指示されたラウンジに向かうと、そこには貸し切りの札が提《さ》げられていた。

戸惑いつつ入り口で鳴海社長の名前を口にすると、そのまま奥に通され、海の見える席へと案内された。

席にはすでに、スーツ姿の男性が二人、背を向けて座っていた。そのうちの一人が、彩羽たちの気配に気付いて振り返る。

「え、香月さん……？」

どうしてここに……と、驚く彩羽は、香月の隣でグラスを傾ける男性の姿に再度驚く。

「親父……」

そう声を漏《も》らしたのは、圭太だ。

――どうして二人がここにいるのだろう。

呆然とする彩羽に、湊斗が口を開いた。

「鳴海社長は、後から来る。常葉社長は、用があって私が呼んだ」

すると、忠継が不満げに息を漏《も》らす。

「一社員の分際で、社長である私を呼び出すとは。結構な身分だな」

「今日は社員としてではなく、筆頭株主として貴方をお呼びしました」

湊斗の冷《さ》めた声に眉を寄せる忠継が、棘《とげ》のある声で湊斗に尋ねた。

「新しい異動先の居心地はどうだ？」

「皆さん、私が異動してきたことに驚いてました。今のトキコクは社長の判断一つで、これまでの経歴や努力も無になるのだと、いい見せしめになったみたいですよ」

「へぇっ。お前でも、役に立つことがあるんだな」

勝手にソファーに座った圭太が、バカにしたように言う。

湊斗はそんな圭太の反応を無視して、彩羽たちにも着席を求める。

彩羽、湊斗、忠継、圭太が、一つのテーブルを囲むように腰を下ろすと、友岡たちもその近くの席に座る。

全員の着席を確認して、湊斗が「さて……」と、話を切り出す。

「今日、常葉社長をお呼びしたのは、ご報告したい件があったからです」

「ほう？」

忠継がフクロウの鳴き声に似た声を漏《も》らすと、湊斗が話を続ける。

「鳴海工業より、あちらが手掛ける電子計測器の製造開発の一部で、我が社に技術支援を求めたいと申し入れがありました」

世界的に名の知られている鳴海工業への技術支援。その実績は、トキコクのブランド力をより高める評価に繋《つな》がる。

「……っ」

その申し入れの価値を正しく理解している忠継の眉が、ピクリと跳ねた。

「この技術支援の話は、実は以前、前社長が鳴海社長へ持ちかけた話なのです。当時は、畑違いの我が社の力量が測れないということで回答は留保されていました。ただ、しかし今回、バルゴ・オービットを目にした鳴海社長より、改めて技術支援の申し入れがありました」

チラリと視線を向けると、友岡が目頭を押さえているのが見える。

――よかった。

前社長や湊斗、友岡をはじめとするバルゴの開発者たちの努力が形になっていく。

「ご苦労」

忠継が不遜《ふそん》な態度で顎《あご》を上げ、湊斗に宣言する。

「ではここからは、社長である私が責任を持って引き受けよう」

「なっ……」

あれほどバルゴの製造販売を拒否していたのに、その手柄は全部自分のものにする気か。

彩羽が抗議の声を上げるより早く、湊斗が手をかざして言う。

「ただしこの技術支援には、鳴海工業側から条件を付けられています」

「条件？」

忠継が眉をひそめる。そして彩羽は、条件という言葉に、つい鳴海社長の娘との縁談を思い浮かべてしまう。だが、湊斗の口から出た条件の内容は違った。

「それは我が社が抱えている膿《うみ》を出し切った後で……ということです」

「膿《うみ》……？」

そう呟《つぶや》いた圭太に一瞬視線を向け、湊斗はすぐに視線を忠継に戻す。

「前社長が亡くなって以降、社長である伯父さんと、筆頭株主である私の間で、微妙な緊張状態が続いているのは関係者の間では知られた話になってきています。その状態から脱却し、トキコクとしての新体制を築いた後で、具体的な話をしたいと仰《おっしゃ》っています」

「ほう。そのためにどうするか、お前には考えがあるのか？」

忠継の視線を受け止めつつ、湊斗は彩羽に向かって手を差し出した。

「牧瀬部長、昨日言っていた封筒を……」

「あっ、はい」

紛失しないようにと、ジャケットの内ポケットに入れていた封筒を取り出し湊斗に渡す。

それを受け取った湊斗は、封筒から中身を取り出した。

「それは？」

興味を示す圭太に視線を向けて湊斗が答える。

「常葉圭太氏が一昨日《おととい》使ったカードの利用控えです」

「——っ！」

湊斗の言葉に、圭太が水沢を睨《にら》んだ。すると離れた席に座っていた水沢が、涼しい顔で言う。

「一昨日《おととい》の夜、常葉さんがカードを僕に預けて支払いを任せた際、領収書を預かっておけと言われたので、上司である牧瀬部長にお渡ししました。常葉さんから預かったのは、会社名義のカードでしたので」

「え？」

桐子の話では、一昨日《おととい》の夜、圭太は水沢を伴《ともな》ってお気に入りのお店の娘《こ》と同伴をした。

——その支払いを会社のカードでしたということ？

「寿司にバッグにクラブの支払い……わかりやすい私的流用ね。小学生でもわかる横領だわ」

桐子が、呆れ気味に言う。

「そ、それは、預けるカードを間違えただけだっ！　それくらい、後で請求してくれれば精算する」

忠継に睨《にら》まれ、圭太が慌てて言い訳する。

そして「そうだよな？」と、恫喝《どうかつ》まがいの声で水沢に同意を求める。しかし水沢は、怯《おび》える様子もなく飄々《ひょうひょう》と言い返した。

「全部嘘ですね。完全に会社のカードって知っていて使ってました。……あっ、そんな顔で睨《にら》んでも、僕は会社に執着がないので怖くないですよ。ガンガン証言していきます」

「お前……っ」

今にも立ち上がり、水沢を殴りに行きそうな圭太に湊斗が釘を刺す。

「これは最後の確認のために水沢君に頼みましたが、他の日のカードの控えもすでに押さえてあります」

「えっ！　ど、どうやって……？」

圭太がギョッと目を見開く。

「こちらの味方が、部外にもいるってことだよ」

「こんな恥をかかせてくれて、ただで済むと思うなよ」

忠継社長が、圭太ではなく湊斗に鋭い視線を向けた。固く結んだ口元が、怒りで痙攣《けいれん》している。

その言葉どおり、きっと忠継社長は、湊斗も湊斗に協力した者も許さないだろう。

「確かに伯父さんは、祖父とは違う意味で妥協を許さない。だから、自分を裏切った人間は、徹底的に追い込み排除するのでしょうね」

「……そのとおりだ」

湊斗の言葉に、忠継社長が答える。

「貴方はそういう人ですから」

湊斗が、残念そうにため息を吐いた。

「ある人に言われました。絶対に勝つのなら私につくが、そうでないのなら、裏切り者に容赦しない忠継社長を裏切ることは出来ないと」

「賢明な判断だな」

忠継は友岡の方に目をやり薄く笑う。

「そう言われた時から、自分が完全に勝てる状況なら事態はどうなるかと考えていました」

「……なに？」

「裏切った者を絶対に許さない――その姿勢は、人を従わせるにはいい手段かもしれない。でも一度でも貴方の不興を買った社員にとって、その姿勢は『なにをしても評価されない』という諦めと『これまで尽くしてきたのに』という恨《うら》みを生む。そういう人たちが、これまでなにも感じないできたと思いますか？」

「なにを思うか、それは個人の自由だ。無力な人間には、好きに吠《ほ》えさせておけばいい。ただし、物事を思うままに動かせるのは、その権利に恵まれた人間だけだ」

完全に人を見下している忠継の物言いに、彩羽が不快げに眉を寄せた。

湊斗は再び残念そうに首を横に振る。

「圭太氏が会社名義のカードで豪遊しているという噂は、随分前から耳にしていました。だから資料管理部に異動になったのを機に、私は貴方の不興を買った社員たちに聞いてみたんです。『もし私が勝てるとしたらどうします？』『そうなるため、握っている情報を提供してください』と。その話に乗った人の中から、確たる証拠を得ました」

「だからなんだ？　それだけで私に勝てると思うなよ」

「もちろん、それは無理です。経費を私的流用し、法的に責めを負うのは圭太氏だけです」

「……そうだろう？」

勝ち誇ったように頷く忠継に、圭太が青ざめた顔でがっくりとうなだれる。

その様子を見つめながら、湊斗は淡々と言葉を続けた。

「ただ圭太氏は、トキコクに入ってまだ日が浅い。その状況で、これほど躊躇《ためら》いなくカードを私的流用できるでしょうか？　彼にその手口を教えた何者かがいると思いませんか？　カードを使った記録を、後でどう改ざんして経費として処理するか、経理の流れを熟知した誰かが、彼にやり方を教えていたはずです。その答えは、すぐに出ました」

「……っ」

湊斗の指摘に、忠継の表情が微《かす》かに強張《こわば》る。そんな彼を鋭く見据えて、湊斗はとどめの一言を口にした。

「長年、貴方の尻ぬぐいをしてきた社員が全てを話してくれましたよ」

湊斗が忠継を見据えて、問いかける。

「伯父さんは、私がただおとなしく、与えられた仕事だけをしていたと思いますか？」

その言葉に、彩羽はこれまでの湊斗の行動を思い出す。

湊斗はいつも誰よりも早く出社して仕事をしていた。そして、異動してからも毎日忙しくしていた。その間湊斗は、忠継を糾弾するための不正の証拠を集めていたのだろう。

「貴方は、トキコクの経営者一族に生まれたという恵まれた状況に胡坐《あぐら》をかいていました。私の仕事の邪魔さえすれば、確実に勝ちが転がり込んでくると決めつけていた。だから私は、貴方が油断している隙に、確固たる証拠を集め、貴方に不満を抱く人たちに協力を仰いだんです」

「……」

「一つ一つは小さな不正で、貴方を追い詰めるには決定打を欠いていた。だけど、それらの証拠を集めていった結果、これに繋《つな》がりました」

そう言いながら、湊斗は忠継へ一枚の書類を差し出した。

それを受け取り、内容を確認した忠継はハッと目を見開き、湊斗と書類を見比べる。

「貴方の選択肢は一つです。引責辞任し、私的流用した分を私財で補填《ほてん》すること。さもなくば、筆頭株主である私が緊急役員総会を開き貴方の解任を要求します。その際には、刑事告発される覚悟をしてください」

以前湊斗は、たとえ筆頭株主だとしても、忠継に非がなければ簡単に解任できないのだと話していた。つまり湊斗が渡したあの書類は、忠継を解任できるだけの決定的な証拠ということになる。

「小僧っ！」

忠継は忌々《いまいま》しげにそう唸《うな》るが、続く言葉が出てこない。

「回答は、週明けまでお待ちします。ただし、その後はありません！　それが私からの、伯父である貴方に対する最大限の敬意です」

湊斗の強い口調に、忠継と圭太の顔から表情が消えていく。

その時、入り口の方から声が聞こえてきた。

「話は終わったかな？」

声の方を見ると、鳴海社長がこちらへ近付いてくる。

「話が済んだのなら、今日のところはお引き取りいただけるかな？　私は彼と、これからのトキコクについて話し合いたいので」

そう言って、鳴海社長が、忠継の肩を叩く。

「鳴海……しゃっ」

なにか言おうとする忠継に、鳴海社長が「ん？」と、笑みを向ける。

その表情に、無言の圧力を感じた。

「……くっ」

鳴海社長の気迫に負けたのか、忠継は無言で立ち上がり圭太を伴《ともな》ってラウンジを去って行った。

その背中を見送っていると、湊斗が彩羽に微笑みかける。

「終わったよ」

「……はい」

彩羽がホッと息を吐き、思わず自分の手を湊斗の手に重ねた。

その仕草に、鳴海社長が彩羽へ問うような視線を向ける。すると湊斗が「私のパートナーです」と紹介した。

「ほう。それは、人生の？　ビジネスの？」

面白がるように聞く鳴海社長に、湊斗が彩羽の肩を抱いて答える。

「両方です」

驚く彩羽の横で、はっきりと宣言した湊斗に、桐子たちがどよめく。

「なるほど。そこまで信頼出来る人に出会えたなら、ウチの娘の入り込む隙はないか」

少し残念そうに笑う鳴海社長だが、すぐに表情を切り替えて言った。

「さて。では、これからの話をしようか」

明瞭な鳴海社長の声に、周囲の空気が変わるのを肌で感じる。

彩羽が他のメンバーに視線を向けると、桐子や水沢たちが彩羽の視線を受けて頷く。

――よかった……あの日、突然の辞令から逃げ出さなくて。

辞令を受けた日から今日まで、人の弱さや狡《ずる》さを目《ま》の当たりにして、傷付かなかったと言えば嘘になる。一介の事務員でいれば、知らなくてよかった世界を知ったのも確かだ。

けれど、こうしてみんなの努力が報《むく》われた瞬間、経験してきた全てのことを愛おしく思える。

「これからだよ」

隣の湊斗が囁《ささや》く。その言葉に、ハッとする。

——そうだ。ここはまだゴールじゃない。

彩羽は、湊斗や他のメンバーと一緒に、さらに新しい世界を知っていくのだ。

「そうですね。まだまだこれからです」

彩羽のその言葉に、湊斗が嬉しそうに微笑んだ。

◇　◇　◇

「彩羽、俺と結婚して」

「湊斗さん、なに言ってるかわかってますか？」

鳴海社長と今後の話し合いを終え、そのまま湊斗のマンションを訪れた彩羽は、リビングに入るなりプロポーズされて目を丸くする。

そんな彩羽に、湊斗が苦笑した。

「わかってるよ」

そうして真剣な眼差しを向けられるが、あまりに唐突なプロポーズで彩羽は反応に困ってしまう。

「いきなり、どうしたんですか？」

彩羽は戸惑いつつソファーに腰を下ろした。すると湊斗は、彩羽の前に膝をつき、うやうやしくその手を取る。

「どうやったら、少しでも長く彩羽と一緒にいられるか考えたんだよ。彩羽に気持ちを伝えてから今日まで、二人だけの時間がどれだけあった？　これからもしばらく忙しい日が続くし、だったらこの際、結婚して一緒に暮らしたい」

「……」

いたって真剣な湊斗の表情に息を呑む。

確かに、お互いの気持ちを確認したあの日から今日まで、湊斗とゆっくり過ごす時間はほとんど取れていない。週が明ければバルゴの予約が再開されるし、おそらく社長の交代をはじめとした大きな人事異動もあるだろう。それが落ち着く頃には、鳴海工業への技術支援の話が本格的に動き出すはずだ。

お伽噺《とぎばなし》のように、困難を乗り越えたら「めでたしめでたし」と終わるわけもなく、これからも新しい問題や課題が次から次へと押し寄せてくる。

そんな中で、二人の時間を持てるのかという不安は彩羽にもあった。

「でも、結婚は急ぎすぎじゃないですか？」

八月の終わりに辞令を受けてから、濃密な日々を過ごしてきた。でも、実際には湊斗と言葉を交わすようになってまだ二ヶ月ほどしか経っていない。まして付き合ってからの時間はもっと短いのだ。

それなのに結婚まで話が飛ぶのは、さすがに急ぎすぎではないかと思ってしまう。

そう話す彩羽に、湊斗が首を横に振った。

「俺の人生の伴侶は彩羽しかいない。だから、出会ってからの時間なんて関係ないよ」

「……っ」

「それに早く結婚したら、これからの人生を全て夫婦として一緒に過ごすことが出来る」

それ以上の幸せはない、そう言って微笑む湊斗が彩羽の顔を覗《のぞ》き込んでくる。

「彩羽はそれじゃ嫌？」

——嫌なわけがない。

彩羽が慌てて首を横に振ると、湊斗がホッと息を吐いて彩羽の手を引く。

自然と前屈《まえかが》みになった彩羽に、湊斗が口付けをする。

強く重ねた唇が離れると、彩羽の瞳を覗《のぞ》き込んだ湊斗が蕩《とろ》けるような声で囁《ささや》いた。

「彩羽……愛してる、結婚して」

そうして再び唇を重ねてくる。

度重なるキスの合間に彩羽が頷くと、湊斗に強く肩を押された。彩羽の体が自然と後ろに倒れる。

十分な広さのあるソファーに彩羽の体を横たえ、湊斗がその上に覆《おお》い被さってきた。

「え、ここで？」

「駄目？」

額《ひたい》に額《ひたい》を合わせて、湊斗が彩羽に甘くねだる。

焦点が合わないくらい間近にある湊斗の顔に、気恥ずかしさを感じて言葉が出てこない。

答えられずにいる彩羽の肌に、湊斗が唇を寄せる。

「んっ」

額《ひたい》、鼻、頬……と、啄《ついば》むような口付けを落としていく唇が、再び唇へ重なった。彼は唇の隙間から舌を差し込み、情熱的に彩羽の舌を求めてくる。

会えずにいた時間を埋めるみたいに、激しく舌を絡《から》め合い、互いの吐息が融け合っていく。

「離さない」

湊斗が彩羽の髪を撫でながら、唇を少しだけ離して囁《ささや》く。

彩羽がそれに頷き返すと、湊斗はすぐにまた彩羽の唇を貪《むさぼ》ってきた。

好きな人に、こんなにも強く求められている。その喜びに、彩羽の体が甘く震えた。

「キスだけで感じてる？」

「……だって」

自身の反応を湊斗にからかわれ羞恥心《しゅうちしん》を覚える。しかし、そんな彩羽に湊斗は「もっと感じて」と囁《ささや》き、首筋に唇を寄せた。

湊斗の大きな手が、彩羽の長い髪を掻き上げる。そうして露《あら》わになった首筋に、舌を這《は》わせた。

首筋に感じる湊斗の舌は、驚くほど熱い。

そのことに驚き、無意識に体が跳ねてしまう。

湊斗は彩羽の反応を楽しむように首筋から鎖骨へと舌を這《は》わせ、ねっとりとした唾液の筋を残していく。そうしながら、もう一方の手で器用に彩羽のブラウスのボタンを外し、素肌を撫でた。

「ん……っ……っ」

くすぐったさに首を動かす彩羽に、なにかを求めていると誤解したのか、湊斗が再び唇を重ねてくる。

「……っぁ！」

「はぁっ」

彩羽と唇を重ねたまま、湊斗の手が妖《あや》しく動く。

「……っ」

──本当に、このままここで？

咄嗟《とっさ》に湊斗の胸を押して、彩羽が視線で問いかける。湊斗は無言で彩羽の手を持ち上げ、その甲に口付けた。

「ずっと彩羽に触れてない」

もう待てない──そう言いたげに、湊斗は再び彩羽に覆《おお》い被さり首筋に顔を埋《うず》めた。

「……………はぁっ！」

首筋に、湊斗の熱い吐息を感じる。その息遣いが艶《なま》めかしくて、彩羽の肌にゾクゾクとした痺《しび》れが走った。

ざらつく舌で彩羽の首筋を味わっていた湊斗は、徐々に顔を移動させていく。ホックを外したブラジャーをたくし上げ、前をはだけた彩羽の胸元へ顔を寄せる。

そうしながら、大きな手で彩羽の腹部を撫でた。

「──はっ！」

触れられた瞬間、彩羽は息を呑んだ。

しっとりと熱を持った湊斗の手の感触を、自分がずっと待ちわびていたのだと感じる。

湊斗の手で撫でられる度に、肌が喜びで震えてしまう。それどころか、体の奥の方に、もっと強い刺激を求めていた。

「……やぁっ」

彩羽の口から、自然と鼻にかかった甘い声が漏《も》れる。

「その声、もっと聞かせて」

囁《ささや》きながら、湊斗の手が彩羽の胸を鷲掴《わしづか》みにした。

「あああっ」

――拒《こば》めない……

湊斗に触れられることを、彩羽もずっと待ちわびていたのだから。

彩羽は自《みずか》ら背中を浮かせて、彼が服を脱がせるのを手伝う。

湊斗は彩羽の上半身を裸にすると、スカートのホックを外し下半身も露《あら》わにしていく。

照明が煌々《こうこう》と灯《とも》る明るいリビングで肌を晒《さら》す。それを意識すると、恥ずかしくて堪《たま》らない。

「でも……恥ずかしい」

咄嗟《とっさ》に胸を隠そうとする彩羽の手を、湊斗が「ダメだよ」と言って掴《つか》んだ。

そう言いながら、体の奥が疼《うず》いているのを感じる。

湊斗は、彩羽の頬を撫でながら甘く命じた。

「ちゃんと俺に、彩羽の綺麗な体を見せて」

「湊斗さん……っ！」

湊斗の言葉に促《うなが》され、ゆっくりと体の力を抜いていく。そんな彩羽の両胸を、再び湊斗が鷲掴《わしづか》みにする。

「あっ――っ」

痛みを感じるほど強く彩羽の胸を握った湊斗は、荒々しく彩羽の胸を揉《も》みしだき始める。

湊斗の手の中で、彩羽の乳房が形を変えていった。

「ぁあぁ……ぅっ………」

強く肌を刺激され、痛みと快楽がまぜこぜになったような痺《しび》れが体を貫く。同時に、まだ触れられていない体の深い部分が自然と潤《うる》んだ。

彩羽は身をよじらせて、彼から与えられる刺激に耐える。

けれど湊斗は、容赦なく彩羽を甘く激しく追い立てていく。彼の指が、硬く隆起し始めた胸の先端をきゅっと挟んで扱《しご》いた。

「ああっ……！」

彩羽がその刺激に切ない声を漏《も》らすと、湊斗の指はさらにそこを刺激してくる。

摘《つ》まんだ胸の先端を、指で強く押し潰したり弧を描くようにゆっくりと撫で回したりした。

その度に体をくねらせる彩羽に、湊斗は、「逃げないで、ちゃんと感じて」と、甘い声で命じてくるのだ。

「………っ！」

その言葉に従いじっとしようとするのだけど、我慢することでより体が過剰に反応してしまう。

「動いちゃダメだよ」

それが無理だと承知しながら、湊斗は彩羽の乳房を口に含んでさらなる刺激を与えてきた。

「あぁぁっ……やぁっ！」

――やっ、ダメっ、我慢できない。

突き抜ける快楽に、彩羽の腰が反《そ》った。

ヌルリとした熱い舌が、敏感になっている彩羽の胸の先端をしゃぶる。

彩羽は自分の奥から、熱いなにかが溢《あふ》れてくるのを感じた。じわじわと体に溜まる熱のはけ口を求めて、無意識に脚を擦り合わせる。

するとその動きを察した湊斗が、彩羽の脚の付け根に触れてきた。

「――っ」

ゆっくりとそこを撫でる湊斗の指が、ヌルリと滑る。

「彩羽、すごく濡《ぬ》れてる」

湊斗がわざわざ言葉でそれを告げてきた。

誤魔化しようのない事実を突きつけられて、彩羽は真っ赤になって俯《うつむ》く。

湊斗の長い指が上下に動き、蜜に濡《ぬ》れた彩羽の陰唇を撫でる。

それだけでも堪《たま》らないのに、彩羽の蜜口を撫でていた湊斗の指が深く彩羽の中へと沈んできた。

体の中に彼の指を感じて、彩羽の全身に甘い痺《しび》れが駆け巡《めぐ》る。

沈み込んだ湊斗の指が、優しく彩羽の中を撫でてきた。弧を描くみたいな指の動きに、彩羽の下半身はすぐに甘く蕩《とろ》けてしまう。

「…………ぁあっ…………やぁっ」

湊斗の指が動く度に、彩羽の体がビクビクと跳ねる。

「あぁぁあっ――っ」

そんな彩羽の反応を愛おしむように、湊斗が顔を寄せてきた。

「愛してる」

耳元で囁《ささや》かれ、彼の熱を帯びた息遣いが頬に触れる。

湊斗は彩羽のさらなる反応を求めて、中の指を二本に増やし小刻みに振動させてきた。

「はぁっ！　……やぁっぁあっ」

彩羽が喘《あえ》ぎ声を上げながら体を硬直させた直後、するりと湊斗の指が彩羽の中から抜かれる。

「このまま挿れてもいい？」

「……んっ」

彩羽が首の動きで同意を示すと、湊斗に体を抱き起こされた。

「俺の上にまたがって」

湊斗は自分の腿をまたがせるように彩羽を膝立ちさせ、片手で彩羽の腰を支えつつ、もう一方の手で自分のズボンのファスナーを下ろしていく。

「えっ！　あの……」

その動作で、自分がなにを求められているのか察した彩羽が、焦った声を出した。

湊斗はそんな彩羽の耳元に顔を寄せ「逃がさないよ」と囁《ささや》く。

そして彩羽の手を取り、はっきりと反応を示す自身のものに触れさせる。

「……っ」

手のひらに感じる湊斗のそれは想像以上に熱く、彩羽の手の中でピクッと跳ねた。

いつも以上に大きく感じる彼の欲望に、彩羽の手が緊張で震える。

これから、この荒々しく膨張した彼のものを受け入れるのだ。

そのことに躊躇《ためら》いを感じる彩羽だけど、湊斗の両手に腰を掴《つか》まれ引き寄せられた。

愛蜜に潤《うるお》う陰唇に、湊斗のものが直接触れる。

「――あっ」

それだけのことで、彩羽の蜜口がヒクリと動いた。

「ほら……彩羽のここは、俺を欲しがっている」

彩羽の動きを感じ取り、湊斗が小さく笑う。

そのまま彼は、片手を自分のものに添えて角度を調節すると、彩羽の腰を強く引き寄せた。

「あっ………ふぅっ」

ツプツプと自分の中に沈んでくる湊斗の感触に、彩羽が腰をくねらせる。しかし、湊斗の手にしっかりと腰を捕らえられているので、沈み込んでくるものから逃れることは出来ない。

条件反射のように腰を揺すると、彩羽の腰を掴《つか》む湊斗が息を呑んだ。

一気に深く沈み込んできた湊斗のものに、彩羽は堪《たま》らず天井を仰いで声を上げた。

「――あぁあっ」

熱く膣壁を擦られる愉悦に、膝から崩れ落ちそうになる。

無意識に腰を浮かせて逃れようとするが、湊斗のものが完全に抜ける前に、再び腰を引き寄せられた。それを何度も繰り返され、意識が甘い刺激に霞《かす》んでくる。

敏感な皮膚を擦る、熱く滾《たぎ》った湊斗のものが堪《たま》らなく気持ちいい。

淫《みだ》らな摩擦が熱い痺《しび》れとなり、彩羽の体を突き抜けていく。

「――っ！」

腰を掴《つか》む彼の手から、湊斗も感じていることが伝わってきた。

「ハァァ………っ熱ぃっ……ああ、ダメッ」

彩羽は湊斗の首筋にしがみつき、濡《ぬ》れた息を吐く。

「感じる？」

彩羽の耳に唇を寄せ、湊斗が息を乱しながら確認してくる。

彼の吐き出す熱い吐息が、彩羽の鼓膜を犯していく。

「………んっ」

彩羽が苦しげに頷くと、湊斗は乱暴なくらい激しく彩羽の腰を揺さぶった。

「はぁ………くぅ………だめっ！　あっ」

彩羽は、体を突き抜ける強い悦楽に切ない声を漏《も》らし体をくねらせる。その弾みで、膣壁の敏感な窪《くぼ》みに湊斗の先端が触れた。その瞬間、彩羽の腰がビクリと跳ねる。

「はっ、ここが感じる？」

彩羽の反応を見逃さず、湊斗が問いかける。

彼は彩羽の返事を待つことなく、強く腰を掴《つか》んで彩羽の中を掻き回し始めた。

「湊斗……さん。…………ハァッ」

彩羽は、湊斗の髪に指を絡《から》めて、唇を合わせる。

「…………ふぁっ」

すぐに湊斗の方から舌を絡《から》めてきて、苦しいくらいに貪《むさぼ》ってきた。

「あんっ…………はぁっ……はぁっ…………」

湊斗の動きが激しさを増すにつれ、グチュグチュと卑猥《ひわい》な水音が二人の間から聞こえてくる。

強すぎる快感に、ソファーから崩れ落ちそうだ。

必死に湊斗の首筋にしがみつく彩羽の腰を掴《つか》み、湊斗がさらに強く体を揺さぶってくる。

そうしながら、彼は彩羽の表情から決して目を離さない。

絡《から》みついてくる湊斗の視線が、彩羽の心を掻き乱す。

「見ちゃやぁっ……っ」

熱い息を吐きながら彩羽が懇願する。けれど、湊斗の視線は彩羽から離れない。

「駄目だよ。ちゃんと彩羽の全部を俺に見せて」

そう囁《ささや》き、湊斗はさらに激しく彩羽の中を掻き回す。

恥ずかしくてしょうがないのに、湊斗の視線に晒《さら》されながら中を刺激される状況に、肌がどんどん甘く痺《しび》れていく。

膣壁を擦る湊斗の熱に、彩羽の体が限界を迎えた。

「ハッハッハッ…………アァァッ――っ！」

「――っ！」

込み上げてくる快感に、彩羽の呼吸が浅く小刻みなものになっていく。

嬌声《きょうせい》を上げつつ腰をくねらせる彩羽に、息を乱した湊斗が促《うなが》した。

「彩羽、イって」

「……あぁぁっ！」

絶頂を迎えた彩羽が、一際甘い悲鳴を上げて大きく背中を仰《の》け反《ぞ》らせた。

その直後、湊斗も彩羽を強く抱きしめ彼女の中に自分の欲望を吐き出す。

「……はぁっ」

達したばかりの敏感なそこを、湊斗の吐き出した熱が甘く刺激していく。

湊斗と強く抱き合い、彩羽は腰をビクビクと痙攣《けいれん》させた。

「愛してる」

彩羽の中から自分のものを抜き去った湊斗が、彩羽を抱きしめる。

「私も……です」

途切れ途切れに返事をする彩羽を見つめ、湊斗が微笑んだ。

見つめ合った二人は、どちらからともなく顔を寄せ、再び口付けを交わした。

エピローグ　王子様と永遠の約束

湊斗の申し出に従い忠継が辞任したことで、湊斗と彩羽を取り巻く環境は慌ただしく変化していった。

社長に就任した湊斗は、トキコクの新体制を整えるために、まずは重役クラスの意識改革から着手した。忠継に近い考えを持つ者たちを一方的に排除するのではなく、話し合いの場を設《もう》け互いの意見を確認し合っている。そうして社員一人一人に新しいトキコクが描くビジョンを理解してもらう作業は、考えただけでも骨が折れそうだ。

それでも、根気よく話し合いを続ける湊斗に、信頼を寄せる者が出てきているのも事実だった。

また、それと並行して鳴海工業との技術支援に関する話も進んでいる。

彩羽の目から見ても、湊斗の仕事量は確実にキャパオーバーに思えたのだが、彼はそれらの業務をこなしながら、なんと彩羽との結婚も実現させたのだ。

しかも籍を入れるだけで十分と話す彩羽を説得し、結婚式と新婚旅行を敢行《かんこう》したのである。

湊斗の体調を心配して渋る彩羽も、「新婚旅行という口実でもないと、纏《まと》まった休みが取れない」という言葉で納得させられてしまった。

新婚旅行先のホテルで激しく求め合った後、お互いの温もりを確かめるように身を寄せ合う。そうしながら湊斗がそっと囁《ささや》いた。

「永遠に離さないから、覚悟して」

彩羽はその囁《ささや》きに、言葉ではなく腕に力を込めることで答える。すると、頬を寄せる彼の胸からトクンと鼓動を感じた。

「ああ……」

「どうかした？」

規則正しく刻まれる鼓動に耳を傾けていた彩羽がホッと息を吐く。

「祖母からもらった腕時計のことを思い出して」

「うん」

一瞬なにかを考え、納得した表情を見せる湊斗に彩羽が続ける。

「デザインも好きだったんですけど、その時計の音に安心できたんです。よく子供の頃は、その音を聞きながら寝てました。湊斗さんの心臓の音を聞いていて、その時の気持ちを思い出しました」

彩羽は湊斗の胸に強く頰を押しつけて、しみじみした口調で呟《つぶや》く。

「貴方に出会えてよかったです」

「俺も。……帰ったら忙しくなるけど頑張って」

彩羽の額《ひたい》に口付けた湊斗が、励《はげ》ますように彩羽の背中を叩く。

旅行から帰れば、彩羽の周辺も大きく変化する。

販売開始からバルゴ・オービットは好調な売れ行きを見せ、トキコクの主力商品としての地位を確立しつつあった。しかし、目的を達成した新規開発販売促進部は解体されることなく、今後もトキコクの商品を新しい角度でアピールしていく役割を期待されている。

だが、新設される部署の部長に内定している桐子は、近々新規開発販売促進部を離れることが決まっているし、時期が来れば水沢もいなくなる。

そして友岡も、いつかはトキコクを離れる日が来るだろう。

その日に備えて、新規開発販売促進部も新たなメンバーを迎え入れる予定だ。

「湊斗さんがいてくれるから、なにがあっても大丈夫です」

止《とど》まることなく進んでいく時間の中で、信頼出来る人が隣にいてくれる。彩羽はその頼もしさを噛みしめる。

「俺も」

そう囁《ささや》いた湊斗が、彩羽を強く抱きしめてくれた。

書き下ろし番外編　Present

緩《ゆる》やかな速度で上流へと進む水上バスの甲板《かんぱん》の上、微《かす》かに感じる磯の香りに、彩羽はクンクンと鼻を動かす。

そうやって鼻先に意識を集中させると、香りよりも強く冷気を感じてしまう。

日が傾き始めた冬の夕暮れは、予想以上に空気が冷たい。

「寒いっ！　死ぬっ！」

ブルリと身震いして、首に巻いたマフラーの位置を直す彩羽の背後から、悲鳴に近い桐子の声が聞こえる。

振り向くとキャメル色のコートを纏《まと》う桐子が、胸の前で腕をクロスさせ、自分で自分の肩を抱き締め震えていた。

そして奥歯をカチカチ鳴らしながら「死ぬ前に、真冬の遊覧ツアーを提案した奴を殺す」と、物騒なことを叫んでいる。

「そうか。僕の人生短かったですね～」

殺気立つ桐子の視線をものともせず、飄々《ひょうひょう》と返すのは水沢だ。

そんな二人のやり取りに、彩羽の傍《かたわ》らに立つ湊斗はいつものことだと肩をすくめて笑う。

彩羽と湊斗が出会う切っ掛けとなった新規開発販売促進部の五人で慰労会を兼ねて集まろうと、最初に言い出したのは誰だっただろうか。誰にせよ、互いの健闘を讃《たた》えたいという思いは持っていたものの、それぞれ忙しく、その約束を果たせないまま日々が過ぎていた。

最初は無謀とも思えた賭けに湊斗が勝利し、前社長を退任に追いやったことで、バルゴ・オービットを新しいトキコクを象徴する商品とすることに成功した。

目的を果たしたのだから、新規開発販売促進部は解散するものだと思っていたが、部署はそのまま残され、以降も既存の概念に捉われない販路の開拓を任されている。

ただし、ずっと同じメンバーでというわけではない。社長に就任した湊斗が部署を離れ、年明けからは桐子も新設される部署の部長就任が決まっている。

そしてその代わりに、別の社員が補充されるとのことだ。

その辞令が下りた際、部署を離れる桐子が絶対に年内に慰労会をやりたいと騒ぎだし、水沢が「それなら、皆で今年最後の夕日を見送って、慌ただしかったこの一年の労をねぎらおう」「記念に水上バスに乗って、沈みゆく夕日を皆で眺めてはどうか」と提案して今に至る。

水沢の提案を受けたときは桐子もノリノリで、水上バスの停留先にあるレストランの予約までしてくれたのだけど、想定外の寒さに心折れたらしい。

「大体なんで、一年の締めくくりに皆で夕日を見ようなんて言い出したのよ。同じ寒いなら、皆で初日の出が普通じゃないの？」

自《みず》ら絶対年内がいいと騒いだことも忘れて、桐子はなおも水沢を睨《にら》む。

「初日の出じゃ、ご家庭のある友岡さんが参加できないでしょ」

さらりと返す水沢の言葉に、桐子は一瞬目を丸くして、「わかってるじゃない」と、何故か得意げに胸を張る。

ちなみに当の友岡は、老体には寒さがこたえると、暖房が効いている船内から、この夕日を眺めている。

友岡だけでなく、他の乗客もガラス張りの船内で暖を取りながら景色を楽しんでいる。年末でもともと乗客が少ないこともあり展望デッキには彩羽たち四人しかいない。

「そんなに寒いのなら、中に入ります？」

彩羽の言葉に、桐子が周囲をぐるりと見渡す。

その視線を受けて湊斗と水沢が首を横に振る。男性陣は、本当に今年最後の夕日を見送るつもりらしい。

それを見て、桐子が、仕方ないと肩をすくめる。

「せっかくだから、ここで一緒に夕日を見送るわ」

そう返して、川沿いに居並ぶビル群へと視線を向ける。

「それがいいですよ。皆さんと過ごす今この瞬間が、未来へのいい贈り物になります。Ｐｒｅｓｅｎｔであり、Ｐｒｅｓｅｎｔです」

そう話す水沢が、桐子の隣に寄り添い彼女の顔を見た。

桐子は、隣に立つ水沢に怪訝《けげん》な眼差しを向けている。

「知りませんか？　Ｐｒｅｓｅｎｔという単語には『今』と『贈り物』という、二つの意味があるんですよ」

さらに怪訝《けげん》な顔をする桐子に、水沢が丁寧に説明しようとするのだが、語学に堪能《たんのう》な彼女としては納得がいかないらしい。

「誰が誰になにを説いてるの？　そんなこと知ってるわよ」

「じゃあ、つまりそういうことです」

「はあ……」

唸《うな》る桐子の表情が、貴方は相変わらず変な日本語を使うわねと言いたげだ。

――いい思い出になる……って、言いたかったんだろうな。

日本語が若干残念な水沢の言葉を脳内変換して、彩羽は納得する。

そっと微笑んで遠くへ視線を向けると、沈みゆく夕焼けを反射させて茜《あかね》色に染まる街並みは、自分がよく知る東京とは違った景色に見えてくるから不思議だ。

「綺麗……」

柵を掴《つか》み景色に見惚れる彩羽の右手に、隣に立つ湊斗の左手が重なる。

背後から包み込むように両手を重ねられると、背中で彼の温もりを感じた。

彼の手の感触に振り向くと、こちらを見つめる湊斗が「綺麗だよ」と、微笑む。

彼の眼差しが景色ではなく自分に向けられているので、その言葉にどう返していいかわからない。

はにかむ彩羽は、そのまま水面《みなも》へと視線を戻した。

冷える分、冬の空気は透明度が高い。澄んだ空気の中、水面《みなも》だけでなくビル群の窓ガラスも沈みゆく太陽の光を反射させ、世界が黄金色に染まっていく。

「大変だったけど、この景色を一緒に見られてよかったです」

そしてこの景色を眺める彼が、孤独でなくてよかった。

胸に満ちる幸福感に導かれて振り返ると、湊斗の顔は黄金色の光に照らされ、彼自身の輪郭が黄金色の輝きを放っているようだ。

「彩羽に出会えてよかった」

重ねる手に力を込めて、湊斗が囁《ささや》く。

二人そのまま見つめ合っていると、背後で「コホンッ」と、咳払いする音が聞こえた。

その音に反応して振り向くと、目を逸《そ》らし気まずそうにしている桐子と、こちらをまじまじと見つめる水沢の姿があった。

──自分たちの世界に入ってた……

我に返って、彩羽と湊斗は互いに若干背中を反らして距離を取る。

そのまま二人気まずい表情を浮かべていると、桐子が「寒っ」と、叫んだ。

そしてそのままの勢いで水沢の腕を掴《つか》んで引っ張る。

「やっぱり寒いから、友岡さんのところに行こうっ！」

「え、僕もですか？」

腕を引っ張られる水沢が、沈みゆく夕日へと名残《なご》惜しげな視線を向ける。

「窓越しじゃなく直《じか》に見たいなら、来年も付き合ってあげるから」

桐子に言われ、水沢は「じゃあ、それで」と、肩をすくめて桐子と二人、展望デッキの階段を下りていく。

どうやら桐子が、気を使ってくれたらしい。

「あの二人、なんだかんだいって仲いいな」

二人の背中を見送る湊斗が言う。

自分と湊斗だけじゃない。桐子に水沢に友岡、その誰もが、苦難を乗り越えた者同士の絆《きずな》で結ばれているかけがえのない存在だ。

湊斗の言葉に頷く彩羽は、辞令が下りてから今日までの日々を振り返って微笑む。

「この出会いは、人生最高の贈り物です」

「俺にとってもそうだよ」

そう返す湊斗が、彩羽の腕を引き寄せ抱き締めた。

「愛しています」

引き寄せられ、そのまま彼の腕の中に収まった彩羽が囁《ささや》く。その言葉に、湊斗が口付けで返す。

冬の風に晒《さら》され、互いの肌も唇も冷え切っているはずなのに、触れる彼の唇はとても温かい。

きっと彼の唇も、彩羽の温もりを感じてくれているのだろう。

「Ｐｒｅｓｅｎｔ……」

重ねた唇を解いた湊斗が呟《つぶや》く。

さっきの水沢の言葉を思い出したらしい彼は、甘い飴を舌で転がすようにもう一度呟《つぶや》き「確かに」と、笑う。

「え？」

その意味を目で問いかける彩羽に、湊斗が穏やかな笑みを添えて返す。

「確かに、彩羽と過ごす今この瞬間が、俺にとっての人生最高の贈り物だよ。そして……」

そっと体を離す彼は、自分の羽織るコートのポケットからなにかを取り出す。

「……？」

「これは、俺から彩羽への贈り物」

見ると彼の手には、布に包まれたなにかが握られていた。

彩羽の見守る先で、シルクらしき光沢のある布を、湊斗は丁寧な手つきでめくっていく。

そしてそこから姿を見せた物に、彩羽は驚いたように息を詰めた。

「これ……」

「彩羽が大事にしていた時計」

少し前に、デザインの参考にしたいと言われ、彩羽が湊斗に貸していた祖母の時計だ。

それをどうしてこのタイミングで返すのだろうと考えていると、布をポケットにしまった湊斗が彩羽の左手を取った。

「本当は、拓海に頼んで修理してもらった」

そう返す湊斗は、腕時計を彩羽の手首に装着する。

湊斗の手で着けられた腕時計を確認すると、確かに動かなくなったはずの秒針が時を刻んでいる。

彩羽は、それを不思議な思いで眺めた。

「でも、私が修理に出したお店では、修復不可能って言われたのに……」

彩羽としても強い愛着と思い入れのある品だったので、修理ができないか時計店に聞いたことがある。でもその時は、もう替えの部品がないからと断られたのだった。

そんなことを話す彩羽に、湊斗が返す。

「一度全部分解して、全ての部品を油で洗って錆《さび》を落とした。それでも錆《さび》が取れない部品は、特注で作り直してもらった」

「そこまでしなくても……」

たいして高価でもない古時計に……。そう驚く彩羽に、湊斗がそれは違うと首を振る。

「彩羽と俺を繋《つな》いでくれた時計だ。それだけの価値がある」

そう言って湊斗は、彩羽の左手を取って、自分の手を腕時計の上に重ねた。

彼の表情からは、自分に向けられる惜しみない愛情が滲《にじ》み出ている。

ゆるゆると沈みゆく太陽に照らされた彼の顔は、神々《こうごう》しいほどに美しく慈愛に満ちている。

そんな彼と見つめ合うこの時間を切り取って保存することができたなら、どれほど幸せだろう。

そう思うけれど、それは不可能だと、彩羽も湊斗もわかっている。

立ち止まることのできない時間の中で、自分たちは出会い結ばれたのだから。

「ありがとうございます」

止《と》まることができないからこそ、今この一瞬を丁寧に過ごしたい。そんな思いで、心からの感謝を込めてお礼を言う彩羽に、湊斗が「それに……」と、照れくさそうに切り出す。

「彩羽の家族の時間を刻んできたこの腕時計に、これから先何年何十年と、俺と彩羽の時間を刻んでいって欲しいんだ」

湊斗は、彩羽の手を心持ち高く持ち上げると、左手を浮かせて時計の文字盤に口付けて優しく微笑む。

それを合図にしたように、世界が淡く優しい輝きに満たされていく。

「マジックアワーだ」

その柔らかな光源の意味を知る湊斗が呟《つぶや》いた。

その言葉に頷きを返す彩羽は、込み上げる愛おしさから彼を抱擁する。

「もし女の子が生まれたら、いつかこの時計を譲りたいです」

彩羽の言葉に、抱擁を返す湊斗が「いいね」と、応える。

そして娘にこの腕時計を譲る時、それまでの間に刻んだ二人の歴史を語って聞かせたい。

その時には、今日のこの日のことも、素敵な思い出話の一つとして語ることだろう。

結婚を約束した彼との幸せな未来を夢見る絵梨《えり》。ところが、ようやく迎えた婚約披露の日、彼の隣で笑っていたのは何故か自分の後輩だった！　絵梨はどん底まで突き落とされたが、思いがけない転機が訪れる。なんと、偶然知り合った謎のイケメン、雅翔《まさと》から、元カレたちへの“復讐”を提案されたのだ。戸惑う絵梨だったが、気付けば雅翔のペース。彼のおかげで本来の美しさを引き出された絵梨は周囲からも注目を集めるように。しかも雅翔は、会うたび恋人のように甘くて…

B6判　定価：704円（10%税込）　ISBN 978-4-434-28985-9

超過保護な兄に育てられ、23年間男性との交際経験がない彩香《あやか》。そんな彼女に求婚してきたのは、イケメンなものぐさ御曹司だった!? 「恋愛や結婚は面倒くさい」と言いながら、家のために彩香と結婚したいなんて! 突拍子もない彼の提案に呆れる彩香だったけど、閉園後の遊園地を貸し切って夜景バックにプロポーズなど、彼の常識外の求婚はとても情熱的で…!?

B6判 定価:704円(10%税込) ISBN 978-4-434-24330-1

エタニティ文庫 ～大人のための恋愛小説～

Ayaka & Junto

赤

完璧御曹司から突然の求婚!?

暴走プロポーズは極甘仕立て

冬野まゆ　装丁イラスト／蜜味

超過保護な兄に育てられ、男性に免疫ゼロの彩香。そんな彼女に、突然大企業の御曹司が求婚してきた！　この御曹司、「面倒くさい」が口癖なのに、彩香にだけは情熱的。閉園後の遊園地を稼働させ夜景バックにプロポーズ、そして彩香を兄から奪い婚前同居に持ち込んで……!?

定価：704円（10%税込）

Himawari & Yukiake

赤

優しい上司に捕獲されちゃう!?

秘書見習いの溺愛事情

冬野まゆ　装丁イラスト／あり子

高校時代に、偶然に唇を触れ合わせてしまった素敵なビジネスマン。優しげな彼に、下町娘の向日葵は淡いトキメキを抱いていた。それから四年。なんと、彼が重役を務める大企業で秘書見習いとして働くことに！ 優しい上司と思いきや、甘くイジワルに向日葵を翻弄してきて!?

定価：704円（10%税込）

※エタニティブックスは大人の女性のための恋愛小説レーベルです。ロゴマークの色で性描写の有無を判断することができます（赤・一定以上の性描写あり、ロゼ・性描写あり、白・性描写なし）。

詳しくは公式サイトにてご確認下さい

https://eternity.alphapolis.co.jp

携帯サイトはこちらから！

〜大人のための恋愛小説レーベル〜

エタニティブックス ETERNITY

四六判
定価：1320円（10% 税込）

エタニティブックス・赤

傲慢王子は月夜に愛を囁く

冬野《とうの》まゆ

装丁イラスト／白崎小夜

最高の恋を成就させた親友たちを見ているうちに、運命の恋を信じてみたくなった涼子《りょうこ》。とはいえ、そんな奇跡は、自分には起こらない——そう思っていた彼女だったが、神様から贔屓《ひいき》されているとしか思えない傲慢な王子様と、ただならぬ関係になってしまい!?

四六判
定価：1320円（10% 税込）

エタニティブックス・赤

不埒な社長はいばら姫に恋をする

冬野《とうの》まゆ

装丁イラスト／白崎小夜

家柄も容姿もトップレベルの令嬢ながら、研究一筋の数学オタクの寿々花《すずか》。ある事情で自分の恋愛にはなんの期待もしていなかったが、ある日彼女の日常が一変する。強烈な魅力を放つＩＴ会社社長・尚樹《なおき》と出会った瞬間、抗いがたい甘美な引力に絡め取られて——!?

※エタニティブックスは大人の女性のための恋愛小説レーベルです。ロゴマークの色で性描写の有無を判断することができます（赤・一定以上の性描写あり、ロゼ・性描写あり、白・性描写なし）。

詳しくは公式サイトにてご確認ください。
https://eternity.alphapolis.co.jp

携帯サイトはこちらから！

本書は、2018年8月当社より単行本として刊行されたものに、書き下ろしを加えて文庫化したものです。


この作品に対する皆様のご意見・ご感想をお待ちしております。

おハガキ・お手紙は以下の宛先にお送りください。

【宛先】

〒150-6008 東京都渋谷区恵比寿4-20-3 恵比寿ｶﾞｰﾃﾞﾝﾌﾟﾚｲｽﾀﾜｰ 8F
（株）アルファポリス　書籍感想係

メールフォームでのご意見・ご感想は右のＱＲコードから、
あるいは以下のワードで検索をかけてください。

アルファポリス　書籍の感想　検索

ご感想はこちらから

エタニティ文庫

辞令《じれい》は恋《こい》のはじまり

冬野《とうの》まゆ

2021年12月15日初版発行

文庫編集－熊澤菜々子
編集長－倉持真理
発行者－梶本雄介
発行所－株式会社アルファポリス
〒150-6008 東京都渋谷区恵比寿4-20-3 恵比寿ｶﾞｰﾃﾞﾝﾌﾟﾚｲｽﾀﾜｰ8F
TEL 03-6277-1601（営業）　03-6277-1602（編集）
URL https://www.alphapolis.co.jp/
発売元－株式会社星雲社（共同出版社・流通責任出版社）
〒112-0005 東京都文京区水道1-3-30
TEL 03-3868-3275
装丁イラスト－neco
装丁デザイン－ansyyqdesign
印刷－株式会社暁印刷

価格はカバーに表示されてあります。

落丁乱丁の場合はアルファポリスまでご連絡ください。

送料は小社負担でお取り替えします。


ISBN978-4-434-29700-7 C0193